D1868929

Carole Fives
Eine Frau am Telefon

Roman

Aus dem Französischen
von Anne Braun

Deutícke

Die Originalausgabe erschien erstmals 2017
unter dem Titel *Une femme au téléphone* im
Verlag Gallimard, Paris.

1. Auflage 2018

ISBN 978-3-552-06362-4
© Éditions Gallimard, 2017
Alle Rechte der deutschsprachigen Ausgabe
© Deuticke im Paul Zsolnay Verlag Wien 2018
Satz: Eva Kaltenbrunner-Dorfinger, Wien
Autorenfoto: Catherine Hélie © Editions Gallimard
Umschlag: Anzinger und Rasp, München
Motiv: © plainpicture/mia takahara
Druck und Bindung: CPI books GmbH, Leck
Printed in Germany

FSC
www.fsc.org
MIX
Papier aus verantwortungs-
vollen Quellen
FSC® C083411

Ich freue mich, wenn du mich anrufst,
ach weißt du, wann immer du willst.
Valérie Mréjen

Es gibt keine Minute zu verlieren, wir
müssen hinaus … sofort … Es ist wirklich
ein Fall von unterlassener Hilfeleistung
gegenüber einer Person in Gefahr.
Nathalie Sarraute

Hallo, ich bin's, Mama, meine Stimme ist total hinüber, aber ich konnte nicht zum Arzt gehen, die sind alle im Urlaub, aber gut, wie geht es dir? Alles in Ordnung? … Dein Bruder wollte nicht, dass ich es dir sage, aber ich mache mir Sorgen wegen meiner roten Blutkörperchen und wegen der weißen übrigens auch; ich habe von beiden zu wenig. In einem Monat gehe ich wieder zur Blutuntersuchung, das muss kontrolliert werden, ich habe echt Angst, und es geht mir nicht sehr gut. Ruf doch zurück, wenn du magst.

Störe ich? Na ja, du hättest dein Handy ja ausschalten können. Ich bin schon seit sechs Uhr wach, deshalb … Was? Ich habe deine Freunde geweckt? Wieso? Schlaft ihr etwa alle zusammen in diesem Ferienhaus? Muss ja eine schäbige Bruchbude sein! Ah, das hab ich nicht gewusst. Aber man erreicht dich ja nie. Gut, wenn du mir in dem Ton kommst, werde ich euch nicht mehr belästigen, ich habe verstanden. Ich werde ganz allein hier herumsitzen, ohne von dir zu hören. Na schön, amüsier dich, und denk ab und zu mal an mich.

Aber was ist, wenn ich dir dringend etwas sagen muss? Dann muss ich dich doch erreichen können, was mache ich da? Tja, dann eben nicht, ich warte, bis du mich anrufst.

Nochmal ich, ich bin am Durchdrehen. Ich habe schon ein ganzes Päckchen geraucht und eine Kanne Kaffee getrunken. Und alles wieder ins Klo gekotzt. Das Zeug war bitter wie Galle. Deshalb hab ich dich angerufen, ich musste einfach mit jemandem reden, entschuldige. Natürlich weiß ich, dass du im Urlaub bist. Und ihr wollt morgens immer ausschlafen, schon gut, schon gut, ich melde mich wieder.

Du bist es? Nein, nein, kein bisschen, ich bin nur gerade auf Meetic, dieser Online-Singlebörse. Ich habe mich angemeldet, kostet 29,90 im Monat. Da ist einer, der sich *Patch* nennt, und der mir ganz gut gefällt, weil er ziemlich viel raucht.

Ich habe schon mindestens an zehn Typen geschrieben, aber kein einziger hat mir geantwortet. Ich muss dazusagen, dass ich meine Mails um drei Uhr nachts losgeschickt habe, das kommt natürlich nicht gut an, stimmt's?

Laurentditlolo, 58 Jahre. Sucht eine ganz besondere

Frau, bevorzugt attraktiv und intelligent. Also so etwas wie mich, super! Oh, und wer ist das? *Gérard428?* Hey, ist der süß! Nicht auf allen Fotos, das nicht, auf anderen wirkt er wie ein alter Knacker. Und der da, er mag was? Corridas? Hilfe!

Ich kann dich nicht mehr hören, hast du aufgelegt? Willst du mir nicht helfen, jemanden zu finden? Oder wäre es dir lieber, wenn deine alte Mutter ihre letzten Tage in größter Einsamkeit verbringt? Sei doch bitte etwas moderner, heutzutage machen das alle, sogar Colette. Echt wahr, Colette hat sich auf wer weiß wie vielen Internetportalen angemeldet, sie sucht in ganz Frankreich nach Männern. Wenn du wüsstest, wie viele Frauen allein sind, ganze Heerscharen. Selbst wenn sie gut aussehen, interessant sind und super verdienen, muss ihnen klar sein: VOR EINER ALLEINSTEHENDEN FRAU HAT MAN(N) ANGST. Aber gut, in deinem Alter hat man das nicht nötig. Genieß es, genieß es, denn wenn du erstmal über fünfzig bist, ist Schluss mit lustig, das kannst du mir glauben.

Herrje, die suchen alle nur junge Dinger auf dieser Seite, aber bedauere, ich bin so alt, wie ich bin. Ich werde deshalb doch kein falsches Alter angeben, oder? Ach was, ich könnte natürlich achtundfünfzig sagen.

Was hältst du davon? Achtundfünfzig klingt jünger als zweiundsechzig, das käme besser an. Stimmt, ist eigentlich egal, wo kann man hier seine persönlichen Angaben ändern?

Hallo, ich bin's. Deinen Anruf heute früh hab ich verpasst. Ist echt schön, der neue Klingelton, den du mir aufs Handy geladen hast, immer wenn ich ihn höre, singe ich mit und vergesse ganz, dass ich rangehen sollte. Hast du deinen Bruder angerufen und ihm zum Geburtstag des Kleinen gratuliert? Ich hab's wieder mal vergessen, und da haben sie mich alle vier angerufen und »Zum Geburtstag viel Glück« ins Telefon gegrölt. Wie stehe ich jetzt da? Nein, nein, ich kaufe ihm nichts, sie haben von mir zu Weihnachten schon genug bekommen, das muss auch mal reichen. Mit meiner kleinen Rente? Und dann soll ich euch auch noch mit Geschenken überschütten? Nein, was für eine verkehrte Welt!

Ich habe meine Blutergebnisse erhalten, aber ich habe nichts kapiert von dem, was da steht … »Blutplättchen 55 000/µl … Hämoglobin 10,1 g/dL … Erythrozyten …« Weißt du, was Erythrozyten sind? Und die Blutplättchen, meinst du, die sind wichtig? So ein

Mist! Ich gehe natürlich zu meinem Hausarzt, sobald ich kann, aber jetzt, wo die Ferien vorbei sind, ist er krank geworden, stell dir vor! Hast du das schon mal erlebt – ein Arzt, der krank wird?

Nein, zu irgendeinem Vertreter gehe ich nicht, ich bin an meinen Doktor gewöhnt und warte lieber, bis er wieder da ist.

Wann kommst du nochmal? Wann – bald? Das sagt dein Bruder auch immer, aber außer zu Weihnachten lasst ihr euch nicht blicken … Hey, warum beantragst du nicht deine Versetzung? Wenn ihr näher bei mir wohnen würdet, könnte ich euch zum Essen einladen, ich könnte zu euch kommen und euch den Haushalt machen … Und wenn es mit dem Geld eng wird bei euch, würde ich mich um euch kümmern. Ich könnte sogar den Keller ausbauen, für den Winter eine Heizung installieren lassen, der Keller ist groß, ihr hättet genug Platz. Tsss, warte ab, bis du in meinem Alter bist. Dann wirst du an mich und meine Worte denken. Du wirst sagen: O ja, Mama hat recht gehabt und ich unrecht, und jetzt, wo sie nicht mehr da ist … Man hat nur eine Mutter, das solltet ihr ausnutzen …

Was schaust du dir gerade im Fernsehen an? Dann schalte ich denselben Sender ein, das gibt mir das Gefühl, dass wir zusammen sind.

Gestern Abend kam ein schöner Film, mit dieser Kleinwüchsigen, der war echt toll. Es ging um die Welt der Mode, und da geht es zwischenmenschlich ganz schön hart zu. Ein Glück, dass diese kleine Frau da war!

Weißt du, warum mir im Internet kein Mensch auf meine Kontaktanzeigen geantwortet hat? Ich habe an der falschen Stelle angeklickt, bei: *Ich bin eine Frau und suche eine Frau.* Da ging natürlich nichts.

Als Pseudonym habe ich *Chinchilla_417* genommen, wie findest du das? Klingt es einigermaßen jung? Das sind diese kleinen pelzigen Tiere, und da ich im Zeichen der Ratte geboren bin … Und du, was war nochmal dein Sternzeichen im chinesischen Horoskop? Schwein? Das ist gut, ein positives Zeichen. Also, das hatte ich reingestellt: *Jung gebliebene Rentnerin wünscht sich einen netten, fürsorglichen Partner, der das Leben ebenso sehr liebt wie sie. Ich lebe mit meinem kleinen Hund allein, habe aber gute Freunde, und mein Hobby ist Ölmalerei. Ich liebe Van Gogh, Matisse, Picasso und alle großen Maler des 20. Jahrhunderts …* Was hältst du davon? Ich habe absichtlich ganz sachlich geschrieben, damit mir keine notgeilen Idioten antworten.

Ach je, mir lagen so viele Männer zu Füßen, und jetzt? Jetzt muss ich es büßen. Klar, mit zwanzig konnte ich alle Männer haben, die ich haben wollte, was denkst du? Und ich war so bescheuert, euren Vater zu heiraten, diesen verrückten Psychopathen! Ausgerechnet ihn, und dabei hätte ich einen sehr netten, sensiblen Mann haben können. Der wollte mich heiraten, und ich habe ihn sitzenlassen … Dieser andere war extra aus Lyon gekommen, um bei meinen Eltern um meine Hand anzuhalten. Er hieß Pierre Rival, so was denkt man sich nicht aus. Meine Eltern mussten ihn ohne mich vom Bahnhof abholen, ich war da bereits mit eurem Vater auf und davon! Pierre Rival hatte mir als Geschenk eines dieser Peynet-Püppchen mitgebracht, die waren damals große Mode. Meine Eltern sind mit ihm essen gegangen und haben ihn dann wieder in den Zug nach Lyon gesetzt, er hat sich nie mehr gemeldet. Er war ein anständiger junger Mann, tüchtig und sparsam. Und ich hab ihm einen Korb gegeben wegen … eurem Vater, diesem Mistkerl!

Ich würde mich freuen, wenn du mich jeden Tag anrufst, die Uhrzeit ist mir egal, wann es dir passt, sagen wir morgens, wenn ich aufwache, gegen sieben oder acht, und abends, wenn ich durchhänge, gegen fünf oder sechs. Dann kann ich mir tagsüber sagen, bald ruft sie an, und wenn wir aufgelegt haben, kann ich mir das, was wir uns erzählt haben, nochmal durch den Kopf gehen lassen. Ich verlange ja nicht viel, ich will nur deine Stimme hören, auch wenn du nichts Spannendes zu erzählen hast. Für dich ist es eine Kleinigkeit, aber mir würde es enorm helfen, denn ich fühle mich oft schrecklich einsam.

Ha, er ist der Böse in diesem Film! Der Mistkerl! So ein Mistkerl! Er ist hinter dir, dreh dich um! Zu spät! Wie kann sie auch so blöd sein? Ah, ich mach lieber aus, diese Fernsehserien sind zu dämlich.

Ich ruf dich zurück, ist ja gleich zu Ende!

Nein, ich würde sofort nein sagen! Er ist der Mörder, ganz klar!

Schau, der Körper, da schwimmt er! Wie schrecklich! Ah, das Blut, so viel Blut an seinem Mantel, den werden sie schnappen.

Meetic? Nein, nein, da bin ich wieder raus, da sieht man immer dieselben Gesichter. Die Typen auf Meetic sind wie die, die zu Ikea gehen, sie suchen nur nach Standardmodellen. Und ich bin nun mal nicht Standard. Nein danke, von Männern habe ich die Nase voll. Lieben bedeutet leiden, und in meinem Alter ist mir das einfach zu anstrengend.

Ah, Tod durch Giftspritze, er ist verurteilt worden, damit hätte er rechnen müssen. Ich mag diese Fernsehserie, und nachher gehe ich ins Bett. Je bescheuerter, desto besser.

Bist du's, meine Süße? Der Arzt hat angerufen und ohne lange Vorrede gesagt: »Madame, hier spricht Doktor Plot. Ihre Ergebnisse sind sehr schlecht, Sie haben Krebs, wir sehen uns am Montag in meiner Praxis.« Und dann hat er aufgelegt. Ich und Krebs? Der gute Mann hat sie wohl nicht mehr alle!

Im Krankenhaus haben sie ein Szintigramm von mir gemacht. Der rote Pfeil ist der Krebs. Der Pfeil war direkt am Knochen, er hat gerade angefangen, ins Knochenmark einzudringen, höchste Zeit also. Der Professor sagte: »Es handelt sich um einen sehr aggressiven Krebs, und folglich müssen wir auch sehr aggressiv dagegen angehen.«

Komisch, ich habe Lungen wie ein Baby, obwohl ich dreißig Jahre lang geraucht habe. Und dann muss ich ausgerechnet Blutkrebs kriegen, ist doch irgendwie blöd.

Die Krankheit selbst ist mir fast egal, die Chemotherapie auch, aber was mir so richtig Angst macht, ist das Sterben. Ich kann doch nicht sterben, nachdem ich so ein beschissenes Leben hatte! Meinst du, mir fallen die Wimpern aus? Und auch die Augenbrauen?

Meine Bettnachbarin im Krankenhaus ist super. Sie heißt Corinne und ist im Endstadium, nicht mal eine Autotransplantation hat bei ihr noch was genützt. Sie hat zu mir gesagt: »Wart's ab, wenn du mit der Chemo anfängst, wachst du eines Morgens auf, und deine Haare liegen alle auf dem Kopfkissen.« Deshalb habe ich mir die Haare lieber alle abrasiert. Corinne hat mir mit ihrer Geschichte von den Haaren auf dem Kopfkissen echt einen Schreck eingejagt. Und dann habe ich mir eine blonde Perücke à la Marilyn gekauft … Du wirst staunen – die beste Frisur, die ich je hatte. Wenn ich das gewusst hätte, hätte ich es mit meinen dünnen Haaren schon längst mit Perücken probiert.

Das Zimmer ist nicht schlecht, man kann die Gleise sehen und vorbeifahrende Güterzüge, das ist ganz interessant.

Corinne ist eigentlich Koreanerin und wurde als Kind adoptiert. Aber weder ihre Eltern noch ihre Kinder lassen sich noch bei ihr blicken, weil sie ihnen keinen Cent mehr geben kann. Und weil sie hier im Krankenhaus noch nie Besuch hatte, habe ich gestern Abend am Automaten Schokolade gekauft und ihr aufs Bett gelegt. Zum Dank hat sie mir einen Stern aus kleinen Glasperlen geschenkt. Die bastelt sie selbst, einfach wunderschön! Nein, nein, mach dir keine Sorgen, das Fernsehen hier ist gratis. Ich wollte es gleich bei meiner Ankunft bezahlen, aber sie haben gesagt: »Für euch Krebspatienten ist das Fernsehen umsonst.«

Hier im Krankenhaus hat man richtig intensive Begegnungen. Kranke verstehen sich auch ohne große Worte. Da war eine Frau, die »Nur Mut!« zu mir gesagt hat, und da habe ich ihre Hand genommen und sie umarmt, das ging weit über Worte hinaus.

Klar leide ich, aber gleichzeitig habe ich auch das Gefühl, das Abenteuer meines Lebens zu erleben.

Danke für deinen Besuch! Wir haben uns nie mehr so oft gesehen wie seit ich Krebs habe. Ihr ruft an, wir verbringen Zeit zusammen, wie mich das freut! Und wie war es für dich und deinen Bruder, mich ohne Haare zu sehen? Nun ja, ich habe Krebs und werde sterben, an den Gedanken müsst ihr euch gewöhnen.

Ach was, ihr könnt sagen, was ihr wollt, ihr seid es nicht, die krepieren werdet.

Als ich damals meine eigene Mutter mit Krebs gesehen habe, hat es mir null ausgemacht. Wir standen uns sowieso nicht sehr nah, ich habe sie nur einmal im Jahr gesehen, zu Weihnachten, wenn überhaupt. Als sie dann gestorben ist, habe ich fast durchgedreht, weil mir klar wurde, dass es aus war, dass ich mit ihr nie die Beziehung haben würde, von der ich geträumt hatte. Aber das, worauf ich gehofft und immer gewartet hatte, war nicht mehr möglich. Aus und vorbei. Ich dachte, ich würde verrückt werden. Aber wie du siehst, habe ich es überlebt.

Meinst du, dass man ab und zu einen Schluck Whisky trinken darf, wenn man Morphin kriegt? Und dass es schlimm ist, wenn man während der Bestrahlungen raucht? Ob man weiter Xanax nehmen kann, wenn man Cortison kriegt? Und darf man hin und wieder einen Joint rauchen? Colette wird mir was mitbringen, ihr Sohn züchtet es bei ihr zu Hause, ihr ganzer Garten ist voll mit dem Zeug. Ich brauche hin und wieder etwas, das mich aufmuntert, die Behandlung ist letztlich doch ziemlich hart. Es ist verrückt, aber die vielen Medikamente haben meinen Geschmackssinn total durcheinandergebracht. Schinken schmeckt wie Schokolade, Schokolade wie Blumenkohl, und wenn ich an die Torten denke, die ich früher so geliebt habe – mein Gott, da muss ich mich fast übergeben. Wie bescheuert von mir, dass ich früher immer dachte, ich würde ewig leben. Aber sobald man Krebs hat, ist es damit vorbei. Das verändert einen total.

Hallo? Wann kommt ihr wieder? Wisst ihr noch nicht? Ihr Egoisten! Ich liege hier, werde bald sterben, und ihr geht arbeiten und trefft eure Freunde, als wenn nichts wäre!

Ja, Colette ist auf einen Sprung vorbeigekommen, aber sie sagte, sie habe Angst vor Krankenhäusern. Ha! Ich vielleicht nicht?

Wenn ich an die vielen gemeinen, fiesen Menschen auf diesem Planeten denke … und dann muss es ausgerechnet mich treffen, mich, die ich keiner Fliege je etwas zuleide getan habe! Das ist so was von ungerecht. Ich kann es einfach nicht akzeptieren, dass es mich getroffen hat! Ich glaube eher, dass es eine andere ist, und diese andere will ich gar nicht kennen. Erinnerst du dich an Maryse und Christian? Meine früheren Nachbarn? Jaja, Maryse und Christian, sie hatte einen krummen Rücken und er diese Koteletten, aber die beiden waren total verliebt ineinander, sie haben sich geliebt, ich weiß, kann man sich eigentlich kaum vorstellen. Doch als Maryse dann Brustkrebs bekam, hat sie ihn verlassen. Obwohl er sie liebte und ihr beistehen wollte. Aber nein, sie ist ausgezogen. Ich glaube, heute kann ich sie besser verstehen … Es war nicht mehr dieselbe Maryse, die weggegangen ist, es war die andere, die kranke Maryse.

Sag mir, dass ich noch nicht gleich sterben werde, das geht nicht. Das kann noch nicht mein ganzes Leben gewesen sein! Nein, das würde ich nicht verkraften, wo ich doch noch nichts Interessantes gemacht habe, ich kann noch nicht gehen. Unmöglich!

Bist du's? Dein Bruder ist mit der Kleinen hier, sie spielt mit der Barbie, die ich ihr zu Weihnachten geschenkt habe. Weißt du noch, Valentine, dass deine Omi dir diese Puppe geschenkt hat? Hast du sie lieb? Das will ich hoffen, sie hat mich ganz schön viel gekostet. Und was für schöne Haare deine Barbie hat, Valentine, man sieht, dass sie keine Chemo machen musste!

Ich habe mich vorhin mit deinem Bruder über das Erbe unterhalten und ihm gesagt, dass du das Diamantkreuz von Großmutter bekommen sollst, über alles andere müsst ihr euch selbst einigen. Auch das

Service, das gute Porzellanservice, das graue, ist für dich, sie bekommen das mit dem Goldrand, geht das klar? Aber kommt ja nicht auf die Idee, alles in einen Rotkreuzladen zu bringen, ich schleppe den alten Krempel jetzt seit dreißig Jahren mit mir herum, von Umzug zu Umzug, da will ich nicht, dass das Zeug bei irgendwelchen fremden Menschen landet. Und was den Rest betrifft, da macht ihr halbe-halbe und ja keine Mauscheleien. Ich will nicht, dass es so endet wie mit meinem Bruder, der sein Leben lang versucht hat, mir meinen Teil unseres Erbes abzuschwatzen.

Wenn ihr mich noch etwas fragen wollt, Dinge über eure Kindheit wissen wollt, dann solltet ihr euch nicht zu lange Zeit lassen. Nutzt es aus, solange ich noch am Leben bin, denn danach … Ich habe es mit meinen Eltern nicht gekonnt, also nur keine falsche Zurückhaltung.

Du gehst demonstrieren? Streikt ihr etwa immer noch? Und ich dachte, du bist nach Hause gefahren, um zu arbeiten, aber doch nicht zum Streiken! Valentine! Warum muss dieses Kind dauernd schreien, ständig macht sie THEATER, einfach schrecklich, dein armer Bruder ist völlig am Ende. Gut, ich gebe ihn dir, es ist sowieso gleich Essenszeit, nein, es schmeckt immer noch alles scheußlich, anfangs habe ich gedacht, es sei wegen der Chemo, aber Fakt ist, dass das Essen hier wirklich das Letzte ist. Alles ist vakuumverpackt, das ist eklig. Da haben wir hier nur noch wenige Monate zu leben, und was setzt man uns vor? Morgens, mittags, abends den gleichen Mist. Gefriergetrocknetes Zeug, Kompott in allen Variationen, selbst die Omeletts kommen aus dem Beutel. Es schmeckt genauso scheußlich wie im Flieger. Und vielleicht ist Krebs genau das, der letzte Flieger in Richtung Tod.

Hallo, du hast doch noch nicht geschlafen, oder? Jaja, sie sind wieder weg, du meine Güte, das war vielleicht ein Stress! Sie sollen bloß nie mehr herkommen mit den Kleinen. Die schreien und kreischen, wollen einem die Infusionsschläuche rausreißen, hüpfen auf dem Bett herum, stecken sich die Spritzen in die Nase … Aber nein, ich bin ruhig, ich bin die Ruhe selbst, ich stricke. Mit deinem Pulli bin ich fast fertig, und wenn ich tot bin, kannst du immerhin etwas anziehen, was ich für dich gemacht habe, ich muss nur noch den Halsausschnitt machen und die Fäden vernähen.

Ach, ich weiß nicht, wofür ich mich entscheiden soll: Einäscherung oder Erdbestattung? Aber bei einem Grab habe ich Angst, dass es irgendwann verwahrlost, und es gibt nichts Traurigeres als ein verwahrlostes Grab. Nein, ich will lieber verbrannt werden, was soll ich so ganz allein in einem Sarg machen? Blöd rumliegen? Na schön, wenn ihr für mich einen einigermaßen netten Friedhof findet, irgendwo in eurer Nähe, dann bin ich einverstanden und lasse mich eben begraben.

Düstere Gedanken? Absolut nicht, aber ich frage mich, wer mich im Himmel erwartet, wenn ich sterbe, das ist alles. Ich habe Angst. Echt Angst, dass es mein Vater sein könnte. Ich habe mit meiner Therapeutin darüber gesprochen. Sie meinte, mein Vater sei nicht Gott. Aber wer wird mich dann dort oben erwarten? Meine Mutter, die will ich nie mehr sehen. Es wäre entsetzlich. Der Gedanke an Reinkarnation wird mir immer sympathischer.

Das Leben ist eine schwere Prüfung, der Tod hoffentlich nicht.

Und wen werde ich oben im Himmel vorfinden? Meine Familie? Hilfe, bitte nicht, dann will ich gar nicht sterben! Wenn SIE mich dort oben erwarten, flippe ich aus. Glaub mir, wenn es so ist, komme ich augenblicklich wieder runter.

Euer Großvater hat sich umgebracht, hast du das nicht gewusst? Das kommt in Arztfamilien oft vor. An dem Tag, an dem man bei ihm Sklerose diagnostiziert hat, war ihm klar, dass er als Invalide enden würde, und noch am selben Abend hat er eine Überdosis Tabletten genommen. Gegen Mitternacht war's vorbei, er war tot. O ja, so läuft es in Arztfamilien, jeder braut sich seinen eigenen Giftcocktail zusammen, still und heimlich, ohne jemanden zu behelligen.

Mein Vater? Den habe ich nur selten gesehen, er war immer in seiner Praxis oder hat Hausbesuche gemacht. Eines Nachts kam ein Anruf, wegen eines Herrn Inconnu in der Rue Perdue, er dachte, das sei ein Witz und ging nicht hin, aber dann ist der Typ offenbar gestorben. Aber ja, er war ein sehr guter Arzt, mein Bruder übrigens auch, bei beiden war das Wartezimmer immer voll. Aber mein Vater war etwas grob, etwas brutal. Als er noch Student war, wurde er an die Front geschickt, das war 1940. Später hat er erzählt, dass er sein ganzes Leben lang nie mehr so viel amputieren musste. »Was wir nicht alles abschneiden mussten, fast wie am Fließband«, hat er gesagt. Das hat ihn wahrscheinlich … ich weiß nicht, jedenfalls hat es ihm nicht gutgetan. Wie alle, die den Krieg mitgemacht haben, musste er später ständig daran denken. Er hat nur Bücher über die Résistance und die Deutschen gelesen, er hat die schrecklichen Erlebnisse von damals nicht mehr aus dem Kopf bekommen.

Häufig machte er Hausbesuche bei einem Ehepaar, das ein Kind nach dem anderen bekam. Irgendwann fragte mein Vater: »Was ist mit den Kondomen, die ich euch gegeben habe, benutzt ihr sie denn nicht?« Doch, haben sie gesagt, natürlich benutzen wir sie. Aber die Frau wurde dauernd wieder schwanger, und mein Vater war ratlos. Bis er eines Tages in ihr Badezimmer ging, um sich die Hände zu waschen, und was sah er da? Eine Reihe von Parisern hing an einer Wäscheleine. Mein Vater musste ihnen erklären, dass man Präservative nur einmal verwenden darf, und diese Geschichte fand er zum Totlachen und hat sie bei jeder Gelegenheit erzählt.

Hallo? Ich sitze gerade mit Colette auf der Terrasse, das Wetter ist herrlich! Colette hat am Ausgang auf mich gewartet, ich wollte mich nicht vom Krankenwagen heimbringen lassen, das wäre zu traurig gewesen. Unterwegs haben wir an einer Pizzeria angehalten, ich konnte nicht mehr, drei Wochen lang nur dieses fade Diätzeug – da habe ich dringend mal wieder Fleisch gebraucht.

Was sagst du da? Ich soll zu Hause bleiben? Nur weil ich wegen der Chemo aplastisch bin, bin ich noch lange nicht krank, nur mein Immunsystem ist total geschwächt, aber ich kann doch wohl wie alle anderen auf einer Terrasse sitzen und Kaffee trinken, oder? Alle Leute sind im Freien, es ist so schön, und glaub ja nicht, dass ich mich im Haus verschanze, nur weil ich Krebs habe!

Hast du begriffen: Ich habe das Krankenhaus hinter mir und bin entlassen! Und um das zu feiern, hat Colette für uns Karten für ein Konzert von Arno besorgt! Und warum sollte ich nicht zu einem Konzert von Arno gehen? Weil ich eine Chemotherapie mache? Ich bitte dich! Ich werde schon aufpassen, ich lasse keinen von meinem Bierglas trinken. Was bist du doch für eine Spaßbremse! Ein paar Blutplättchen habe ich ja noch, und ich nehme Antibiotika, da kann mir nichts passieren.

Es ist herrlich, wieder zu Hause zu sein! Nini hat sich die letzten Wochen um den Hund gekümmert, du kennst ja meinen Bekannten Nini, er ist auch ganz allein, und ich wette, dass ihm die Gesellschaft meines Hundes sehr gutgetan hat.

Ich habe beschlossen, nicht mehr zu schlafen. Schlafen ist bereits eine Art kleiner Tod, du kennst ja das alte Sprichwort, und ich habe keine Zeit mehr. Wenn ich nur noch sechs Monate zu leben habe, dann will ich sie auch nutzen. Nachts stehe ich auf, und dann bin ich immer richtig gut drauf. Ich male, ich räume auf, ich sortiere meine Papiere. Das ist ein enormer Zeitgewinn. Alle schlafen, während ich lebe. Dieses Kortison ist eine tolle Erfindung. Ich schlafe ungefähr eine Stunde pro Nacht und bin in Topform. Ich würde dekompensieren, hat mein Arzt gesagt. Was dekompensieren heißt? Herrje, du stellst vielleicht Fragen! Was weiß ich? Es bedeutet, dass ich die ganze Nacht aktiv bin und Ordnung machen kann. Außerdem habe ich auch wieder angefangen zu malen, und zwar mit einem Affenzahn. Wenn meine Tage gezählt sind, sei's drum – dann erledige ich eben alles in diesen sechs Monaten. Ein Bild pro Woche, hopp, los geht's! Aber zum Stricken habe ich keine Zeit mehr, tut mir leid. Die Kunst geht vor!

Hast du mein Foto bekommen? Das Bild ist Matisse nachempfunden. Ich habe Matisse schon immer geliebt. Und ich habe es ganz genau nachgemalt. Nur das Format ist anders, meins ist natürlich kleiner, und außerdem hatte ich nur eine quadratische Leinwand. Wie? Du hast nicht erkannt, dass es ein Matisse ist? Aber klar sieht man das! Na schön, es könnte vielleicht auch etwas von Picasso haben, ich weiß nicht mehr, ich habe das Motiv von einer Postkarte abgemalt, die ich zufällig hier hatte. Wie es heißt? Ah, den Titel habe ich mir selbst ausgedacht. Es heißt *Lesende Frau,* da sie ja ein Buch in der Hand hält, oder da sie in einem Sessel sitzt, könnte es auch *Frau im Sessel* heißen.

Der Titel meines nächsten Bilds? *Chemotherapie.* Die Installation steht. Alles war minuziös geplant, hat mich enorm viel Zeit gekostet. In der Mitte habe ich ein Küchenmesser reingestochen. Darüber habe ich mein Chemo-Mützchen geklebt, es hängt direkt über dem Riss, den das Messer gemacht hat. Rechts bleibt alles leer, das soll die große innere Leere darstellen, und auf der andere Seite habe ich einen alten BH von dir befestigt, das stört dich doch nicht, oder? Es ist ein alter Büstenhalter, der in einem Schrank herumlag, etwas anderes kommt nicht dazu, damit ist die Installation fertig, ich bleibe ganz sachlich. Ja, du hast recht, so könnte man es nennen, eine Art Stillleben. Wenn ich an all die Frauen im Malkurs denke, denen fällt nichts Besseres ein, als Landschaften zu malen, Blumensträuße und ähnlichen Schwachsinn … Sie haben der Welt nichts zu sagen, jawohl! Und es sind Leute wie sie, die sich erdreisten würden zu sagen, ich produziere Mist. Sie werden nie begreifen, was Kunst ist, dafür sind sie zu blöd! Warte kurz, ich bekomme gerade noch einen Anruf rein, o nein, schon wieder mein Bruder! Für ihn habe ich nun wirklich keine Minute Zeit, ich muss mit meiner Skizze weitermachen, ich bin gerade mittendrin.

Er kapiert nichts, mein Bruder, er begreift nicht, dass seine Schwester eine Malerin ist, eine echte, vom Kaliber eines Matisse. Ich bin eine Künstlerin, jawohl, und ich hätte in eine Künstlerfamilie hineingeboren werden sollen. Hypersensibel wie ich bin, hätte ich nie bei diesen Schwachköpfen aufwachsen dürfen.

Morgen überarbeite ich die Skizze. Übermorgen wieder, und das geht drei Tage lang so, bis sie dann – paff! – explodiert. Meine Tage sind gezählt, mit dem Krebs ist alles anders geworden. Und ich muss schnell leben, sehr schnell, denn wenn mir nur noch zehn Monate oder vielleicht auch zehn Jahre bleiben, muss ich meine Meisterwerke noch alle fertigstellen, ich habe nicht das Recht, sie der Menschheit vorzuenthalten. Ich werde eine gewaltige kreative Schaffensphase durchleben. Und Bild um Bild malen. Ich werde kreativ sein, ohne Pause. Ich will, dass meine Bilder an Wänden hängen, dass die Leute sie sehen; ich erschaffe sie und verkaufe sie dann für null Euro, ist mir egal, ich schenke sie euch, wenn ihr sie haben wollt.

Echt verrückt, dieses Malen, aber ich liebe es!

Du bist's? Ich habe mich prächtig amüsiert, Arnos Konzert war genial. Wir konnten ihn am Schluss noch einmal für zwanzig Minuten hinter dem Vorhang hervorlocken. Keine zwei kleine Chansons, nein, zwanzig Minuten! Er hat alles gegeben, hinterher konnte er sich nur noch hinter die Kulissen schleppen und ist dort vermutlich zusammengebrochen.

Was für eine Stimme er hat! Die haut einen um! Die Verstärkeranlage war voll aufgedreht, aber seine Stimme hat sie noch übertönt. Sogar Colette hat gesagt, sie sei beeindruckt.

Und ich habe getanzt. Was habe ich getanzt! So was haben die jungen Dinger hinter mir noch nie gesehen. Sie sagten: »Das wahre Spektakel heute Abend hat nicht auf der Bühne stattgefunden, sondern hier im Saal – und das waren SIE!«

Ich schrie gerade: »Wir lieben dich, Arno!«, als die Musik aufhörte. Ich bin mir sicher, dass er es gehört hat, er hat in meine Richtung geschaut, und ja, er hat mich gehört! Colette hätte nie gedacht, dass ich mich das trauen würde, aber da hat sie sich getäuscht!

Arno ist … er ist ein Gott. Am liebsten mag ich das Chanson über seine Mutter, er erzählt von ihren Augen, wie schön sie ist … und dann, ganz unvermittelt, schwenkt er zu sich über, erwähnt seine stinkenden Füße, ein brutaler Bruch, einfach super ... »In den Augen meiner Mutter ist immer ein Leuchten, la la ...«

Ob Arno wohl verheiratet ist? Meinst du, er würde eine Alte wie mich nehmen? Ich würde ihn lieben, und das mögen sie, die Männer, sie werden gern geliebt. Françoise Hardy hat viel gelitten wegen Dutronc, einfach schrecklich, was sie alles einstecken musste, genau wie ich bei eurem Vater. Sie hat ihn verehrt. Hör gut zu, meine Tochter: Ich bin jetzt seit dreißig Jahren nicht mehr mit eurem Vater zusammen, aber ich habe nie einen anderen geliebt, hast du gehört? Ich war fünfzehn, als wir uns trafen, und er war der Erste. Meine erste und einzige Liebe.

Nicht schlimm, nein. Seit über einer Woche mache ich kein Auge mehr zu, das liegt an dem Kortison. Mir schwirren zu viele Dinge im Kopf herum, echt zu viele, besonders heute Abend, ich bin total durch den Wind.

Weißt du, was sie zu mir gesagt hat, dieses Miststück von Colette? Dass ich mehrere Leben hätte und erst im ersten sei! Pah, wenn jemand im ersten Leben ist, dann SIE, weil sie so gemein ist. Ich dagegen habe mein Karma abgearbeitet, Leben um Leben, wie ein wackerer kleiner Soldat.

Hallo, Schatz? Ich weiß nicht mehr, ob ich meine Medikamente mit dem Whisky runtergeschluckt habe.

Ich mache gerade eine Glaubenskrise durch, eine echt große, spirituelle.

Weißt du was? Ruft mich am Morgen gegen acht Uhr an und abends so gegen sieben, um die Zeit, wenn es dunkel wird, nein, kurz davor, so gegen halb sieben, das ist eine Uhrzeit, die ich hasse, wenn sich der Tag verabschiedet. Wenn die Leute von der Arbeit kommen. Und ich allein hier herumsitze, ganz allein.

Macht mir doch einen Zeitplan, Tag für Tag, bis ihr zurück seid. Schreibt mir auf, was ich machen muss, ich übertrage euch die Verantwortung. Du und dein Bruder, ihr seid meine Eltern.

Ich habe vorhin etwas mehr von dem Schlafmittel genommen als sonst, damit müsste ich bis morgen früh durchschlafen können. Wenn ich dich also morgen bis elf noch nicht angerufen habe, rufst du mich an, ja, versprochen?

Ich muss gleich in die Notaufnahme, ich bin im Bett mit einer brennenden Zigarette eingeschlafen. Meine Perücke ist in Brand geraten, die Bettwäsche ebenfalls. Ich bin nur aufgewacht, weil mein Hund wie verrückt gebellt hat. Die Feuerwehr ist da, die Nachbarn stehen seit einer Stunde auf der Außentreppe herum, tja, endlich ist hier im Viertel mal was geboten, da haben sie etwas zu reden.

Wie konntet ihr mich in diesem Zustand allein lassen? Habt ihr denn gar kein Verantwortungsgefühl, dein Bruder und du? Ihr solltet endlich erwachsen werden, statt immer nur an euch selbst zu denken. Ihr seid das Letzte, Schwachköpfe, Nichtsnutze.

Klar gehe ich wieder ins Krankenhaus, ich warte nur auf den Krankenwagen. Was hast du erwartet?

Nein! Ich will rauchen, später kann ich nicht mehr, verdammt nochmal, lasst mich noch meine letzte Zigarette rauchen, ich habe das Recht auf eine Zigarette, jetzt geht mir bloß nicht auf die Nerven, ich kann immer noch tun, was ich will, meine Herren Sanitäter, ich bin Raucherin, ihr wisst schon, was das ist, oder? Oh, lasst mich, oder ich schreie, ich brülle, gebt mir noch eine Minute, ich rauche sie auch nicht mal zu Ende, bitte … Da haben wir's, verdammt. Mein Feuerzeug! Mein Feuerzeug ist unter die Trage gefallen! Ich will es sofort wiederhaben, das darf doch nicht wahr sein, ihr Unmenschen, ihr Idioten, ihr Taugenichtse, ihr seid hier, weil ihr mir helfen sollt, und bringt mich um mein Feuerzeug! Wer hat jetzt Feuer? Sie wenigstens? Ich will sofort ein Feuerzeug haben, ihr kennt mich nicht, ihr wisst nicht, wozu ich fähig bin! Geben Sie sofort mein Handy wieder her, ahhhh …

Du bist's? Sie haben mich in die Psychiatrie gesteckt, wohin sonst? Hier war ich seit 1990 nicht mehr, kann mich aber noch an alles erinnern, dieselben gelben Zimmer, die gleiche blaue Bettwäsche, frisch gestärkt, hier hat sich in fünfundzwanzig Jahren nichts verändert …

Man hat mir gesagt: »Es ist nicht einfach mit Ihnen, Madame, wir wissen nicht, in welche Abteilung wir Sie stecken sollen. Es wäre besser, wenn Sie sich auf eine Krankheit beschränken würden, Sie müssen sich entscheiden: Krebs oder Depression, und in dem Fall müssen Sie in den fünften Stock.«

Kein Mensch besucht mich. Sogar Colette, die ich seit über zwanzig Jahren kenne, hat gesagt, die Psychiatrie mache ihr Angst, und überhaupt ertrage sie es nicht mehr, mich in Krankenhäuser zu bringen. Ich habe ihr die Freundschaft aufgekündigt. Als sie ihre Venenentzündung hatte, bin ich JEDEN Tag zu ihr ins Krankenhaus gerannt, und jetzt, wo ich mal krank bin!?

Nur Nini kam vorbei, du weißt schon, mein Bekannter Nini, der sich um meinen Hund kümmert, und er hat gesagt: »Ich kapiere gar nichts mehr. Mal besuche ich dich im dritten Stock in der Onkologie, und beim nächsten Mal finde ich dich im fünften Stock, bei den Verrückten.«

Ich bin so froh, hier zu sein. Ich will gar nicht mehr von hier weg, zuerst wollte ich nicht herkommen, aber jetzt, wo ich schon mal hier bin, bleibe ich auch. Glaub mir, die Leute schlagen sich fast um einen Platz hier. Jeder hat sein eigenes Zimmer, man kümmert sich um einen. Man kann draußen spazieren gehen, wenn man Lust hat, und manche Patienten verlieben sich sogar ineinander. Hier zeigen die Leute ihr wahres Gesicht, tiefer können sie nicht mehr fallen, das ist gut. Man wird umsorgt, das Personal ist immer für einen da, es ist wie im Paradies. Wenn ich mich umschaue, sehe ich nur zufriedene Gesichter, man sieht, dass alle glücklich sind.

Du solltest mich sehen – ich spaziere durch die Flure, gehe zu den anderen Kranken in ihre Zimmer, es ist richtig nett! Da komme ich in einen Saal, und die Krankenschwestern haben immer etwas zu feiern, ich setze mich und lasse mir ihre Kekse schmecken, ich habe Hunger. Ich verschütte meinen Orangensaft, ich mache ihnen ganz schön viel Arbeit. Aber sie mögen mich, die Schwestern, ich bringe sie zum Lachen!

Die Psychologin in der Klinik hat gesagt, ich sei leicht bipolar mit einer Tendenz zu Borderline – als wenn ich das nicht wüsste.

Hallo, mein Schatz, bitte komm mich ganz schnell holen. Ich wollte weggehen, aber sie lassen mich nicht. Die Leute hier sind fies, richtig gemein zu mir. Gestern haben alle beim Frühstück ein Schoko-Croissant bekommen, nur ich nicht!

Nein, es geht schon, ich höre gleich auf zu heulen. Es ist nichts, ich heule nur, weil es mir guttut. Es gibt Fälle hier, du glaubst es nicht. Was ich nicht schon für Szenen miterlebt habe! Dreißigjährige Frauen, du kannst dir nicht vorstellen, in welchem Zustand sie sind. Sie erzählen mir ihre Geschichten, und das ist … es ist zum Verzweifeln. Hier in der Psychiatrischen geht es den Frauen echt schlecht. Sie suchen die symbiotische Verschmelzung mit der Mutter. Mit ihrer Mutter! Da ist eine, weißt du, was die zu mir gesagt hat? »Ich höre Stimmen, die mir befehlen, die Leute umzubringen, die ich nicht mag.« Ich kann nur hoffen, dass sie mich mag, und ich werde immer etwas nervös, wenn sie in der Nähe ist. Nein, nein, ich hoffe natürlich, dass sie niemanden umbringt, schließlich wird sie hier ja behandelt.

Ich habe ein Pastellgemälde nachgemalt, eine Mutter mit ihrem Kind. Die Mutter drückt das Baby ganz fest an sich. Eine Frau hier in der Klinik hat mir ihre Stifte geliehen.

Und wenn ich im Zimmer bleibe, geht es manchmal zu wie in einem Taubenschlag. Dauernd kommen Leute vorbei. Sie setzen sich auf mein Bett und reden und reden, ich glaube, ich spinne! Es gibt da eine Frau, der es echt nicht gut geht, der Armen! Sie bekommt dauernd Drogen gespritzt, weil sie sonst in einen Entzug kommt. Und eine andere tigert von früh bis spät durch die Gänge, sie tut nichts anderes, da wird einem schon vom Zusehen ganz schwindelig, es ist total verrückt.

Wenn du hier eingewiesen worden bist, geht es dir nicht gut; aber wenn du wieder rauskommst, bist du total gaga. Was sagst du da, mein Engel? Kannst du es wiederholen? Ich mag es, wenn du so mit mir redest, es tut mir richtig gut.

Nein, ich bin offenbar doch nicht bipolar, sondern anxio-depressiv. Das bedeutet, dass ich nicht nur depressiv bin, sondern auch Angststörungen habe. Schlimme Ängste. Du, ich muss auflegen, sie rufen mich gleich zum Essen, und ich bin immer die Letzte. Von wegen, das Essen kommt immer vakuumverpackt. Ohne Fette, ohne Salz, ohne Zucker, ohne alles – es steht mir echt bis hier.

Nein, nein, du störst kein bisschen, ich sitze gerade mit Jean zusammen, einem Bekannten, den ich hier in der Klinik kennengelernt habe. Ich nenne ihn Jean, wegen Jean Ferrat, er hat die gleichen Haare wie der Sänger früher, eine wilde Mähne. Aber in Wirklichkeit heißt er Gérard. »Hey, Gérard, stimmt's, dass ich dich immer Jean nenne, und dass du den ganzen Tag sagst: Nein, nein, ich heiße Gérard?«

Ich bin in eine neue Abteilung verlegt worden, wo sie uns gesagt haben: »Wir führen hier ein strenges Regiment, mit der Menschlichkeit ist es vorbei.« Nein, ich habe ein eigenes Zimmer, in einem funkelnagelneuen Bungalow, aber das hält das Personal nicht davon ab, uns unmenschlich zu behandeln. Dieser eine Pfleger, wenn du wüsstest, wie gemein der ist, wenn du hören würdest, wie er mit uns redet! Zum Glück gibt es die anderen Patienten, sonst wäre es hier nicht auszuhalten.

Hier bringt man uns kein bisschen Respekt entgegen. Wir langweilen uns von früh bis spät, außer beim Essen und manchmal auch da. Keiner kümmert sich um uns. Wir haben kein warmes Wasser, wir frieren, dabei haben wir immerhin Dezember! Mal ehrlich, findest du das normal? Wenn man hier ankommt, fühlt man sich wie in einem Club Med, doch nach einigen Tagen merkt man, dass man hier absolut nichts zu lachen hat …

Ich bin normal, das sind wir hier übrigens alle. Dass wir hier sind, bedeutet nur, dass wir normaler sind als die anderen, die draußen rumlaufen, und die alle verrückt sind. Hier ist man nur, weil man im Kopf nicht mehr richtig tickt, ansonsten ist alles in Ordnung. Und die vielen Medikamente, mit denen sie uns von früh bis spät vollstopfen, helfen kein bisschen. Wir alle leiden, hier wird unheimlich viel gelitten, das steht fest.

Schreib, schreib über alles, was hier passiert, ich habe allen gesagt: »Meine Tochter ist Schriftstellerin, ich erzähle ihr alles, sie wird bezeugen, was hier los ist.« Ich hoffe, dass du dir Notizen machst, ja, über alles, was ich dir erzähle. Du musst unbedingt darüber schreiben. Leg das Buch, an dem du gerade schreibst, zur Seite und erzähle lieber, was man uns hier antut.

Einen Titel weiß ich auch schon: *Wie man uns noch verrückter macht, als wir schon sind.*

Nein, schlafen kann ich immer noch nicht. Nachts spaziere ich durch die Gänge der Klinik, hänge ihre scheußlichen Bilder an der Wand um, drapiere alles mit Girlanden, dekoriere eben ein bisschen um. Eine Zeitlang hat es mir etwas gebracht, doch dann kam – unweigerlich – der Absturz, die Abwärtsspirale.

Ich habe hier in der Klinik jemanden kennengelernt, einen Engländer. Er heißt Robin und wird wegen Alkoholismus behandelt. Er trinkt seine drei Liter Wein am Tag oder eine Flasche Whisky, je nachdem. Und er hat Lungenkrebs, der Arme, genau wie ich! Ich meine, falls ich den auch noch kriege. Colette hatte eine Freundin, die mit sechzig daran gestorben ist, muss schrecklich sein. Sie sagt dauernd, ich solle mit dem Rauchen aufhören. Aber wenn ich nicht mehr rauche, was mache ich dann? Ständig essen? Rauchen ist nun mal eine Art Beschäftigung, eine Zigarette ist wie eine Freundin, meine kleine Rache am Leben. In meinem Alter ist es ohnehin zu spät, noch damit aufzuhören. Dann ist da noch eine Frau, die an der Nase Krebs hat. Ihr haben sie eine neue Nase gebastelt, mit Knorpeln aus den Ohren, aber sehr hübsch sieht das nicht aus. Sie hat zu mir gesagt: »Ich habe den Vierzehner Krieg zwar nicht mitgemacht, komme mir aber trotzdem wie eine ›Gueule cassée‹ vor.«

Immer wenn Robin die Klinik verlassen darf, um in die Stadt zu gehen, muss er nach seiner Rückkehr sofort einen Alkoholtest machen. Seine Kehle muss mit einem dicken Belag gepflastert und völlig gefühllos sein. Wenn man sieht, wie viel Salz und Pfeffer er immer ins Essen schüttet, kaum zu glauben!

Ich war anfangs hinter ihm her, diesem Robin, und habe mich mächtig ins Zeug gelegt, um ihn zu kriegen, aber seither interessiert er mich kaum noch. Er heißt Midelwood, so was wie Mittelwald. Seine Eltern haben ihn Robin genannt, das ist doch total idiotisch, oder? Sie hätten ihn ja wer weiß wie nennen können, aber doch nicht so, dass jeder gleich an Robin Hood aus dem Sherwood Forest denkt!

Bei Tisch rühre ich so gut wie nichts an, alles brennt mir am Gaumen. Dabei wäre ich so froh, wenn ich ein bisschen Appetit hätte, obwohl ich mir früher immer gewünscht habe, ich hätte keinen. Ich habe nichts mehr, das mir Halt gibt, früher waren es mein Haus, ein Kerl, die Alltagsprobleme, jetzt habe ich nur noch euch, meine Kinder, als Bezugspunkte.

Es ist das Alter, ich bin eben keine fünfzig mehr.

Seit acht Tagen haben weder Robin noch ich es geschafft, unsere Hintern aus den Rattansesseln zu heben, in denen wir gut zehn Stunden am Tag sitzen. Vor lauter Verzweiflung verliebt man sich in irgendwen, nur damit man jemanden hat. Immerhin rede ich den ganzen Tag Englisch, und in dem Punkt mache ich Fortschritte.

Ich langweile mich und warte nur darauf, dass die Zeit vergeht. So ist es mir schon damals mit eurem Vater ergangen, ich habe mich nur gelangweilt. Ich habe mich immer gelangweilt. Natürlich gab es auch glückliche Momente in meinem Leben, aber immer nur sehr kurze. Zum Beispiel damals, als du deine ersten Schritte gemacht hast, bei meiner Tante. Aber da hatte ich dir gerade den Rücken zugewandt und habe nichts gesehen. Ich sagte: »So ein Mist, das darf nicht wahr sein. Sogar das habe ich verpasst.« Oder als ich euren Vater kennenlernte, bei Daniel Boulingrin, da waren Alain, Jean-Louis und dann dieser große Typ mit dem blauen Blazer und der grauen Hose ... Ich fand ihn schön, so was von schön ... O ja, das war eine große Liebesgeschichte ... Und dann natürlich die Geburten, von dir und deinem Bruder. Du warst so perfekt, mit deinen schwarzen Härchen und den Mandelaugen ... aber dann hast du Gelbsucht bekommen, und dein Vater konnte es sich nicht verkneifen zu sagen: »Du meine Güte, eine kleine Asiatin!«

Nein, seelisch geht es mir nicht gut. Ich tue nichts. Ich warte. Seit Monaten tue ich nichts anderes als warten. Das ist eine lange Zeit. Außerdem haben sie uns den Nachmittagskaffee gestrichen. Die Leute sind draußen und irren wie verlorene Seelen herum. Ich werde mich gleich zu ihnen gesellen. Wenn du die Zeit totschlagen musst, am Tag und auch in der Nacht, kommen dir drei Wochen wie acht Jahrhunderte vor. Du müsstest sie mal alle im Fernsehraum sitzen sehen, ihre Augen kleben förmlich am Bildschirm. Keiner freut sich, hier zu sein, deshalb reden die meisten nie miteinander. Sie warten nur darauf, dass es irgendwann vorbei ist.

Und euer Vater, könnte der in dieser Situation nicht etwas für mich tun? So ein Mistkerl! Ich bin ganz allein, meinst du, jemand würde sich um mich kümmern? Dein Bruder hat zu mir gesagt, ich würde manisch-depressiv werden, mit Tendenz zur Nervensäge.

Aber ich habe dem Personal hier ausdrücklich gesagt, dass ich Weihnachten unbedingt mit meiner Familie verbringen muss! Wie es scheint, muss ich mitentscheiden, wann ich wegwill: entweder an Weihnachten oder an Silvester – beides geht nicht. Dein

Bruder oder du könntet mir doch etwas schreiben, damit sie von der Haftung befreit sind, aber wenn ich dann Mist baue, wollen sie mich hier nicht mehr haben. Wer es schafft, hier rauszukommen, darf nie mehr herkommen.

Ihr kommt schon morgen? Aber ich bin absolut noch nicht darauf vorbereitet. Ach ja? Ihr habt eine Genehmigung für die ganzen Feiertage? Nein, nein, natürlich freue ich mich darauf, euch zu sehen, aber zuerst muss ich euer Weihnachtsgeschenk fertig haben. In der Töpfergruppe haben wir was getöpfert, aber ich muss die Sachen noch bemalen und lackieren. Nein, das kann ich nicht zu Hause machen, du hast ja keine Ahnung, hier gibt es alles, was man dazu braucht. Gut, mehr verrate ich nicht, es soll eine Überraschung werden, es ist etwas zur Verschönerung eures Heims.

Hey, was ist los? Wo bleibt ihr? Ich sitze seit geschlagenen zwei Stunden hier rum und warte mich zu Tode, und ihr kommt und kommt nicht. Ich hätte einen Krankenwagen bestellen sollen, man kriegt das Geld zurück, der wäre wenigstens pünktlich gekommen. Ich begreife nicht, warum ich mich überhaupt mit euch herumärgere. Euch kann man zu gar nichts gebrauchen, weder deinen Bruder noch dich. Ihr seid beide die größten Egoisten … Ich sitze da, und sie haben mir ein riesiges Loch in die Haut geschnitten, um mir einen Portkatheter zu legen, und dabei bin ich ja schon manisch-depressiv, und die schnippeln auch noch an mir herum! Jetzt sitze ich am Ausgang, und was ist? Ich warte immer noch.

Diese Woche bei deinem Bruder war keine gute Idee. Die Kinder haben mich mit ihren Mikroben vollgehustet, und dabei bräuchte ich meine Ruhe, statt bei Leuten rumzuhängen, die dauernd zur Arbeit rennen, denen ich schnurzegal bin, und bei denen ich wie eine arme alte Schachtel im Wohnzimmer rumsitze. Da könnte ich genauso gut in einem Altersheim sein, wo ich meine Ruhe hätte, mit Leuten wie mir, statt irgendwo in der Pampa. Bei ihnen komme ich mir im besten Fall wie ein Blumentopf vor – wenn man nicht vergisst, mich zu gießen.

Ich werde dauernd angeblafft, weil ich vor den Kleinen rauche. Na und? Eine kleine Zigarette wird sie schon nicht umbringen, die kleinen Schreihälse! Wie viele Jahre mit eurem Vater war ich Passivraucherin, und habe ich jemals aufgemuckt?

Ich bin total nutzlos hier; wenn ich das Geschirr

abwasche, werde ich angemault, weil es ja einen Geschirrspüler gibt, wenn ich aufräume, wird mir vorgeworfen, dass ich Unordnung mache, sie lassen mich spüren, dass ich in ihrer hübschen kleinen Welt ein Störfaktor bin, das ist wahrlich nicht angenehm. Außerdem ist die Kleine ständig krank … Krank, krank, hey, ich bin auch krank, ich habe Krebs. Was ist eine Angina, verglichen mit Krebs? Nein, ich merke sehr deutlich, dass Eltern und ihre Kinder nicht fürs Zusammenleben geschaffen sind, definitiv nicht.

Und außerdem ist es mit ihr etwas ganz anderes, sie ist eine Schwiegertochter, und man weiß ja, dass es mit Schwiegertöchtern immer … anstrengend ist. Bei dir wäre es etwas anderes, ich würde mich wohler fühlen, bei dir muss ich mir keinen Zwang antun und kann mich so geben, wie ich bin.

Kein Mensch hat angerufen und mir schöne Weihnachten gewünscht. Aber gut, ich rufe ja auch keinen an, scheiße. Und Colette, meinst du, sie würde auf meine SMS reagieren?

Ich nochmal, ich platze gleich, ich darf hier nicht mal fernsehen, kannst du dir das vorstellen? In meinem Zustand! Nein, erst wenn die Kleinen im Bett sind, aber verdammt nochmal, dürfen die Bälger jetzt schon über unser Leben bestimmen? Kein Fernsehen, bevor sie nicht drei sind? Ist das die neue Mode? Was soll dieser Blödsinn? Wie? Konzentrationsprobleme? Ach Gott, ihr habt als Kinder auch fernsehen dürfen, die *Sesamstraße* und so weiter, und seid nicht dümmer als andere, es hat euch nicht daran gehindert, später zu studieren!

Ich hätte mir denken können, dass du sie in Schutz nimmst, ich hab's gewusst! Die Familie, verstehe. Wozu hat man überhaupt Kinder? Ihr seid bei mir abgeschrieben, dass ihr von mir etwas erbt, könnt ihr euch abschminken. Sobald ich wieder kann, gönne ich mir Urlaubsreisen und gehe in schöne Restaurants, erwartet besser nichts von mir, denn irgendwann ist nichts mehr da. Jeder ist sich selbst der Nächste, dann wollen wir mal! Warum sollte ich Opfer bringen für Kinder, denen ich total egal bin?

Nein, DU hast aufgelegt, nicht ich! Hey, pass auf! Ich mag diesen Ton nicht! Du redest mit mir, als wenn DU meine Mutter wärst. Wir wollen hier nicht die Rollen vertauschen. Die Mutter bin immer noch ICH. Du bist nur die Tochter. Ich erlebe es immer wieder, dass Kinder mit ihren Eltern reden, als wären diese erst vier, man könnte meinen, sie wollten sich rächen.

Jaja, ich weiß genau, wie ihr über mich redet, sobald ich euch den Rücken zukehre. Ich halte ja eine Menge aus, aber jetzt reicht's! Ihr solltet euch endlich wieder benehmen, wie es sich gehört. Spinnt ihr? Ab jetzt geht es wieder nach meinem Kopf und basta. Verdammt. Ich habe das Kommando, und du gehorchst, verstanden? Aus! Du ge-horchst! Du kennst die Regeln! Es sind die Kinder, die ihren Eltern Respekt und Gehorsam schulden, nicht umgekehrt. Dein Bruder und du, ihr nehmt euch viel zu viele Freiheiten heraus, und ich habe mir von euch lange genug auf der Nase herumtanzen lassen. Ich bin zu gutmütig, und das nutzt ihr aus. Aber zum Glück bin ich jetzt aufgewacht. Doch nicht so blöd, die Alte, hm?

Ich habe die ganze Nacht kein Auge zugemacht, ich hasse es, wenn wir uns streiten. Aber nein, ich bin nicht gemein, nur bipolar, das ist alles. Kannst du mir etwas versprechen, nur EINE Sache? Versprich mir feierlich, dass ihr mich nie in ein Hospiz geben werdet, niemals. Ihr werdet eure alte Mutter doch nicht in ein Sterbeheim abschieben! Nein, so gewissenlos seid ihr nicht, ihr habt doch ein Herz, dein Bruder und du. Und ihr wisst genau, dass ich nichts mehr vor mir habe, eine mickrige Rente, fast kein Geld mehr auf der

Bank – und Monat für Monat wird's weniger. Aber was bleibt mir anderes übrig?

Nein, nein, natürlich gehe ich wieder nach Hause, aber es macht mir Angst. Es wäre gut, wenn du die ersten Tage bei mir wärst, damit ich nicht ganz allein in der eiskalten Hütte bin. Stimmt, ich werde mein Hundilein wiedersehen! Die Gute, sie ist meine Stütze im Alter. Mit meiner Enkelin ist es ja ganz nett, aber sie schreit die ganze Zeit. Wenn ich zu ihr sage: »Valentine, komm und gib der Omi ein Küsschen«, macht sie brrrrrr ... Sie geht kein bisschen auf mich zu, umarmt mich nicht, interessiert sich nicht für mich. Nein, nein, ich fange nicht schon wieder damit an, aber bei ihnen dreht sich alles um die Kleinen. Statt ein bisschen Zeit mit mir zu verbringen und die Plagen eine Zeitlang zu den anderen Großeltern zu bringen oder es sonst wie einzurichten, bleiben die Kleinen »bei ihrer Familie«, und sie tut richtig wichtig, wenn sie das sagt ... Und er ist genauso gaga, ich sage zu ihm: »... und deine alte Mutter, die nicht mehr lange zu leben hat, hast du die ganz vergessen? Sind dir deine Kinder so viel wichtiger, obwohl sie erst seit knapp drei Jahren auf der Welt sind? Sind dir Fremde lieber als ich?«

Wie er die Kleinen betüddelt, das muss man gesehen haben. Wenn er sie in die Arme nimmt und mit ihnen schmust, würde ich sie am liebsten wegreißen und mich an ihrer Stelle an ihn schmiegen, das ist unfair, ich habe so etwas als Kind nie gehabt. Innerhalb von zwei Generationen hat sich alles unglaublich verändert, glaub mir, wenn ein Kind früher weinte, wurde es geschlagen, und heute wird es getröstet – das ist total verrückt! Und der Kleine, kaum schreit oder brüllt er, schimpft man nicht etwa mit ihm, sondern er wird gestreichelt und umarmt! Da würde ICH dann am liebsten schreien! Ich weiß noch gut, wie es früher bei uns war: Wenn ich es mal wagte, den Mund aufzumachen, bekam ich eine Ohrfeige oder eine Tracht Prügel, aber dein Bruder macht bei seinen Bälgern genau das Gegenteil, das begreife wer will. Ich jedenfalls nicht! Ich kann es nicht mit ansehen, es macht mich wahnsinnig. Ich wäre so gern an der Stelle ihrer Kinder, ich wäre zu gern ihre Tochter – ja, ich wäre gern die Tochter meines Sohnes und würde ihn Papa nennen.

Seit ich diese neue Therapeutin habe, bin ich wieder abgestürzt. Schlafen kann ich gar nicht mehr. Höchstens zwei Stunden pro Nacht. Ja, ich bin erneut in Behandlung. Sie hat alles in mir wieder aufgewühlt, diese Therapeutin. Es ist schrecklich. Einfach schrecklich.

Ja, sie ist eine gute Therapeutin, aber für die Sitzungen muss ich immer in die Klinik zurückgehen, und das macht mir Angst. Sie hat gesagt: »Meine Liebe, ich werde mit Ihnen alles noch einmal aufrollen, von Anfang an. Wie wenn Sie ein Baby wären, fangen wir wieder bei null an. Wir streichen die letzten dreiundsechzig Jahre und fangen ganz neu an, einverstanden?« Sie hat ein scharfes Auge. Sie hat auf Anhieb ganz unglaubliche Sachen gesehen. Sie hat mir auf den Kopf zugesagt, was mein Vater mir angetan hat, weißt du, sie hat alles gewusst. Es war sehr hart, ich bin total fertig. Und jetzt muss alles neu aufgebaut werden. Ein Neuanfang. Das Problem ist, dass ich den nächsten Termin erst im September habe. In zwei Monaten! Und wie soll ich den Juli und den August überstehen? Soll ich mir ein Schild um den Hals hängen, auf dem »Hier wird umgebaut« steht?

Jetzt ist alles klar. Ich weiß, was mit meinen Eltern los war. Meine neue Therapeutin hat mir alles erklärt. Mein Vater hat mir gar nicht angetan, was ich ihm immer unterstellt habe. Absolut nicht. Das habe ich alles erfunden, und das kommt bei Kindern, die sich nicht geliebt fühlen, offenbar sehr oft vor. Sie reimen sich alles Mögliche zusammen, anstatt zu akzeptieren, dass man sie nicht beachtet hat. Lieber stellen sie sich vor, dass sie unsittlichen Berührungen ausgesetzt waren, als gar nichts. Kurz und gut: Mein Vater – Gott hab ihn selig – war gar nicht der Mistkerl, für den ich ihn immer gehalten habe. In Wahrheit war er ein Heiliger. SIE war das Miststück, wie ich jetzt weiß. Meine Mutter! Die mich gegen ihn aufgehetzt und mit ihrem Hass auf die Männer angesteckt hat. Wie konnte ich nur so blind sein.

Wenn ich bedenke, wie meine Mutter meinen Vater behandelt hat! Ihre Beleidigungen, ihre Art, ihn nie direkt anzusprechen, ihn zu verachten – das hatte ich alles verdrängt. Bei Tisch hat sie ihn vor allen *Schweinchen* genannt. Sie war sehr streng zu ihm, doch weil ich spürte, dass auch sie litt, habe ich immer zu ihr gehalten. Eines Nachts hat er eine Überdosis Medikamente genommen. Auf einer Tragbahre haben sie ihn die Holztreppe in der Rue Anatole-France hinuntergetragen. Das war ein Hilfeschrei, denn ein Arzt, der sich umbringen will, schafft es auch. Manchmal hat er geklagt: »Eines Tages werde ich euch erzählen, was eure Mutter mir angetan hat.« Doch wir haben es nie erfahren.

Mit dieser neuen Therapeutin kam das alles wieder hoch. Bei den Tischgesprächen – soweit man sie überhaupt als Gespräche bezeichnen konnte – hat sie ihn immer nur fertiggemacht.

Diese Therapeutin versteht ihr Handwerk. Dabei hatte ich erst ein paar Sitzungen bei ihr. Und mit Delattre, meinem alten Therapeuten, habe ich mich fünfzehn Jahre lang rumgequält. Wir kamen einfach nicht weiter. Gut, ich behaupte nicht, dass diese fünfzehn Jahre ganz umsonst gewesen sind. Er hat mir schon weitergeholfen. Ich weiß nicht, was ohne Delattre aus mir geworden wäre. Vermutlich wäre ich längst tot.

Ich frage mich, was die Leute früher gemacht haben, als es noch keine Psychologen und Psychiater gab. Sie müssen alle total meschugge gestorben sein. Und all die Leute, die noch nie eine Therapie gemacht haben, mal ehrlich, bei denen riecht man schon von weitem, wie unglücklich sie sind, oder? Denen würde man am liebsten zurufen: »Halleluja, mach doch endlich eine Therapie!« Alle, die nicht bei jemandem in Behandlung sind, müssen einen seelischen Knacks haben!

Gut, das Wichtigste in meinem Fall ist, dass ich mir jetzt ganz sicher bin: Mein Vater konnte nichts dafür. Und ich fange wieder an, ihn zu lieben, den Armen. Im Grunde habe ich ihn immer geliebt, auch wenn ich damals nicht zu seiner Beerdigung gegangen bin. Daran war nur meine Mutter schuld, immer meine Mutter, mit ihrem verfluchten Hass auf Männer. Wie nennt man das nochmal, diesen Hass auf Männer, dafür gibt es doch einen Fachausdruck, oder? Und ich habe die ganze Zeit gedacht, mein Vater sei der Böse, und das nur wegen dieser verrückten, alten Kuh.

Das werde ich ihr nie verzeihen. Unfassbar, dass ich sie die ganze Zeit für eine Heilige gehalten habe. Von wegen! Sie hatte einen grandiosen Knall. Ihr habe ich es zu verdanken, dass ich so geworden bin, wie ich bin. Allein, mit über dreiundsechzig Jahren, das macht vielleicht Spaß! Ich habe sämtliche Männer fertiggemacht, die meinen Weg gekreuzt haben, die Armen. Tja, sie mussten die Rechnung bezahlen. Dabei hatte ich es genau genommen immer nur mit netten Typen zu tun. Aber inzwischen geht es mir wesentlich besser. Sehr viel besser, denn ich habe endlich alles durchschaut. Und meine Mutter, diese doofe, alte Kuh – ein Leben reicht gar nicht aus für all den Hass, den ich für sie empfinde. So was Blödes aber auch!

Sie heißt Désirée, die Therapeutin. Ich habe zu ihr gesagt: »Ihre Eltern haben sich sicher sehr über Sie gefreut.« Da hat sie geantwortet: »Ach, wissen Sie, das heißt noch lange nicht, dass immer alles gut gelaufen ist.« Ich versuche sie dazu zu bringen, ein bisschen von sich zu erzählen, damit sie eine kleine Abwechslung zu den anderen Patienten hat, bei denen sie immer schweigen muss. Wenn sie nicht meine Therapeutin wäre, wären wir bestimmt befreundet.

Ich war bei meiner Geburt auch sehr erwünscht, weißt du, mein Bruder soll sich sechs Monate lang jeden Abend neben sein Bett gekniet und gebetet haben: »Lieber Gott, ich bitte dich, schenk mir eine kleine Schwester.«

Ich wurde zu Hause geboren, mithilfe meiner Tante, die Hebamme war. Meine Mutter war sechsunddreißig, als sie mich bekam, und damals sprach man da vom Kind einer Spätgebärenden. Die Entbindung war schrecklich, da meine verrückte Mutter nicht in der Lage war, richtig zu pressen. Sie hat mich nie in den Arm genommen, und abends, vor dem Schlafengehen, hat sie sich immer mit Nutrix eingecremt, du weißt schon, die superfette Creme von Lancôme, die es heute noch gibt, und für sie war diese Creme ein Vorwand, um jeden körperlichen Kontakt mit uns zu vermeiden: »Ich kann euch kein Küsschen geben, ich bin ganz klebrig …«

Gewaschen wurde ich im Spülbecken in der Küche, vor den Augen unserer Putzfrau, die Kaffee trank, des Gärtners, der ein und aus ging, und des Hausmädchens … Alle haben rübergeschielt, sogar mein Bruder, und ich habe mich nackt gefühlt, so was von nackt … Als ich dann endlich etwas größer war und erste Formen bekam, durfte ich allein ins Badezimmer gehen. Meine Mutter ließ mich eine oder zwei Stunden in der Badewanne sitzen, und ich habe den Kopf unter Wasser gehalten und bis zehn gezählt, ich wollte ertrinken.

Mit sechs kam ich in die Schule, im Kindergarten war ich nie. Ich bin zu Hause geblieben und habe bunte Bändchen geknüpft. Keine Bücher, ich konnte nicht lesen. Die meiste Zeit war ich bei den Hühnern und Enten. Im Hühnerstall habe ich mit ihnen geschmust, weil ich etwas Wärme suchte. Meine Mutter hat mich nie angefasst. Keine Küsschen. Sie hatte Angst vor mir, Angst vor Zuneigung. Sie war verrückt, total verrückt. Sie war auch häufig im Krankenhaus. Ein Beweis dafür war ihr weiß-blauer Morgenmantel, aus Nylon. Und ich, ich war ihre Krankenpflegerin.

Wir hatten einen sehr bösartigen Hahn, und der hat mich gebissen. Meine Mutter wollte ihn aber nicht vorzeitig schlachten, weil er unser Weihnachtsbraten war. Erst als er dann tot war, konnte ich wieder zu den Hühnern gehen.

Meiner Mutter hat es nicht gefallen, dass ich die Hühner auf die Augen geküsst habe. Die waren schön feucht. Ich bin oft in den Hühnerstall gegangen und habe mich dort versteckt. Die Hühner haben sich auf mich gesetzt. Ich habe die Tiere geliebt.

Meine Großmutter hat mich immer in der Höflichkeitsform angesprochen, und ich weiß noch gut, wie sie zu mir sagte: »Charlène, Ihr bringt Eure Mutter noch ins Grab.«

Studieren durfte ich nicht. Mein Vater sagte, ich sei zu blöd dafür. Zu meinem Bruder hat er gesagt: »Du, du wirst Medizin studieren, wie ich.« Und über mich sagte er: »Für sie kommt nur die Haushaltsschule infrage.«

Ach, mein Schatz, ich weiß nicht, was ich habe, aber ich muss gerade dauernd an meine Familie denken, wirklich sehr negative Leute, weißt du, du kannst dir nicht vorstellen, wie negativ sie sein konnten!

Wann genau kommt es nochmal? Nur deinetwegen werde ich France Culture einschalten! Du bist nervös, weil du im Radio kommst? Ach was, ist doch kein Grund zur Aufregung. Du machst ein Drama daraus, wo doch sowieso kein Mensch zuhören wird. Ist schließlich nicht RTL.

Inzwischen habe ich dein Buch übrigens in der Buchhandlung bestellt, und auf einmal scheinen sie es zu empfehlen, du wirst sehen, dass die Verkaufszahlen dank mir in die Höhe schnellen werden!

Und wenn du im Fernsehen bist, sag dir, dass kein Mensch zuschauen wird. Aber nein, die Leute kochen nebenher ihre Suppe oder feilen sich die Fußnägel; wie du aussiehst, ist denen doch egal; sie merken sich höchstens das Gesicht des Moderators. Glaub mir, ich erinnere mich immer nur an das Gesicht des Moderators, die Gäste vergesse ich sofort wieder. Bleib ganz ruhig und versuch, nicht zu stottern. Und sprich schön langsam, wie die Leute im Süden.

Man beurteilt dich nicht nach deinem Aussehen, sondern nach dem, was du sagst. Also, denk daran: Sprich bitte langsam, sonst versaust du dir den ganzen Auftritt.

Colette kriegt sich nicht mehr ein. Seit sie dich im Fernsehen gesehen hat, kritisiert sie mich nur noch. Eindeutig Neid! Ich habe zu ihr gesagt: »Meine Tochter ist eine Künstlerin, während deine im Haus herumsitzt und nur faul ist.« Da hat sie gesagt, dass Kunst kein Lebensinhalt sei, Kunst sei nichts Richtiges.

Aber nein, sie hat noch nie gelesen, von wegen! Sie hat keinerlei Interessen, sie ist zehn Jahre jünger als ich und fährt schon nicht mehr Auto. Sie kommt nicht mal mit ihrem neuen Telefon klar, jedes zweite Mal verwechselt sie die Knöpfe und legt wieder auf, statt den Anruf anzunehmen. Und wenn dann gleichzeitig noch ein zweiter Anruf reinkommt, blickt sie gar nicht mehr durch.

Konntest du meine Nachrichten abhören? Wie es scheint, bin ich in Remission. In Remission!

Sie haben mir nur gesagt, sie würden den Port verlegen, aber wohin bitteschön? In die Schuhe? Aber warum auch nicht? Darin kann man sogar Bomben deponieren!

Jaja, dein Bruder ist noch da. Er ist mit der Kleinen gekommen, sie ist so was von niedlich, sie spielt mit dem Hund – fast so, als wären sie Geschwister. Es ist herrlich für einen Hund, ein Kind zum Spielen zu haben, da ist er beschäftigt.

Hör mal, statt wie früher die Männer, liebe ich nun die Literatur.

Ich habe die ganze Nacht geschrieben und fast fünfzehn Seiten fertig!

Aber sag mal, ich hätte nicht gedacht, dass das Schreiben so anstrengend ist, ich schreibe, und dann kommt eins zum anderen. Es ist logisch, es ist chronologisch. Und wenn ich es dann nochmal lese, ist es EINE KATASTROPHE. Trotzdem ist es eine geniale Therapie, hinterher bin ich immer ganz ruhig. Ich gehe jetzt schlafen und sage mir: Was bin ich doch ruhig, ich bin ruhig und gelassen.

Ich werde meine Geschichte *Flashback* nennen. *Flashback*, das ist nicht schlecht, da ich mein Leben erzähle, und da der Titel *Viper im Würgegriff* – dieses andere Buch, das von Bazin, in dem er den hasserfüllten Kampf eines Sohnes gegen seine unausstehliche Mutter beschreibt – ja schon vergeben ist.

Weißt du was? Mit all dem, was ich zu erzählen habe, wird das Buch einschlagen wie eine Bombe, wenn es herauskommt. Hör mal, in der Passage, in der ich über deinen Vater schreibe, heißt es: »Er war ein Frauenheld, von einer umwerfenden Eleganz, doch als er sie traf, die Unschuld vom Lande …« – wie gefällt dir das? Und später tauchen du und dein Bruder auf, ich habe euch Charles und Victorine genannt.

Die Madame Vanden in meinem Buch, die schreckliche Kuh, hast du sie erkannt? Das ist meine Mutter. Ah, die böse Hexe, das niederträchtige Scheusal. Und wie scheinheilig sie war! Nach außen hin war sie immer übertrieben freundlich. Zu Hause aber hat sie nur geschimpft und gejammert, eine wahre Teufelin, die die ganze Familie tyrannisiert hat.

Esmeralda, das bin ich. Die Tochter der Sonne.

Alle müssen dran glauben, alle sind in meinem Buch – und sie kommen und gehen. Und hopp!

Ich möchte schreien, und dieses Buch ist ein Schrei. *Der Schrei* – ist das als Buchtitel schon vergeben? Ich hoffe so sehr, dass es gedruckt werden wird, meinetwegen auch erst nach meinem Tod.

In fünf Stunden habe ich drei Computerseiten vollgeschrieben, wie viele Seiten braucht man für ein Buch?

Den Titel meines Romans habe ich wieder geändert. *Flashback* gefällt mir doch nicht. *Wut im Bauch* gefällt mir besser. Ich hatte noch eine andere Idee, aber die habe ich wieder vergessen, ich hätte sie aufschreiben sollen. Etwas wie *Punchingball.*

Was ich geschrieben habe, ähnelt diesem einen Buch, du weißt schon, es heißt *Karges Brot und wilde Kräuter – Das harte Leben einer ungewöhnlichen Frau,* es ist auch eine Biografie, ähnlich lebendig.

Ich könnte auch für dich schreiben, wenn du willst, ich kann mir eine ganze Novelle über meinen Hund ausdenken und schildern, was für Streiche sie den

Leuten spielt, und was sie alles anstellt … und trotzdem mögen sie alle! Es klingt vielleicht etwas bissig, was ich schreibe, aber so bin ich nun mal – schonungslos.

Auf jeden Fall ist das Schreiben immer noch sinnvoller als stricken oder Spanisch lernen, was einem nichts bringt, meinst du nicht? Ich werde für dich eine Geschichte schreiben, das geht ganz schnell, mit kleinen Episoden aus dem Alltag. Hör zu, wie wär's damit: Mit dreißig war ich vier Tage lang in Paris und habe in einem besetzten Haus gewohnt. Wie das kam? Mit meinem alten, klapprigen Renault 5 bin ich in die Hauptstadt gefahren, dort durch die Straßen gelaufen und habe mich verirrt. Da treffe ich einen Schwarzen, der mich fragt, ob ich Hilfe brauche, und ich habe gesagt: »Ich habe Angst vor dir.« Daraufhin hat er mir sein Kreuz gezeigt und gesagt: »Ich bin ein gläubiger Mensch, ich werde dir nichts tun.« Er hat mir erzählt, dass er illegal sei und mich nicht zur Polizei begleiten könne, aber wenn ich wolle, könne ich bei ihm übernachten. Ich glaube, wir waren zusammen im Bett, aber ganz genau kann ich mich nicht erinnern.

Meine Süße, könnte man daraus nicht eine Novelle machen? Ich liefere dir die Geschichten, und du musst sie nur noch ausarbeiten.

Das war jetzt also die Geschichte über eine junge, naive Frau, ein weißes, verlorenes Schaf, das sich in den Pariser Sumpf verirrt hat. Ist doch gut, mach was daraus! Arbeite den Kontrast zwischen dem weißen Gänschen und diesem Mann heraus, einem wahren Heiligen. Gib's dem Verlag Gallimard. Eine Frau, die Paris mit einem Schwarzen in drei Tagen entdeckt, na, wenn das nichts ist! Füge noch einen leicht bissigen Unterton hinzu und mach ein Riesending daraus.

Willst du weitere Geschichten dieser Art hören? Du müsstest längst auf dem Zenit der Literatur angelangt sein, und was ist? Du stehst noch ganz weit unten auf der Leiter. Ich liefere dir die Rahmenhandlungen, und du schreibst sie auf, nimm sie einfach und schau, was du daraus machen kannst. Ich will natürlich nichts dafür haben, kein Honorar und keine Prozente, sieh es als Geschenk. Ich gebe dir Geschichten, alle aus dem Leben gegriffen, du steuerst dein Talent bei, und fertig ist die Chose!

Ist mir egal, wenn die ganze Welt dann mein Leben kennt, ich werde sowieso bald sterben, und wer wird sich dann noch an mich erinnern, verdammt nochmal? Kein Mensch. Niemand interessiert sich mehr für mich, also nimm diese Geschichten und arbeite sie schön aus, dann kommst du ganz groß raus.

Die Geschichte von Paris, die hast du dir doch gemerkt, ich brauche sie dir nicht extra aufzuschreiben, oder?

Noch eins: Die wichtigsten Gefühle, das sag ich dir jetzt für dein Schreiben, sind Leiden, Ängste und Seelenqualen.

Ich habe mich richtig high gefühlt, ohne dass ich Drogen genommen hätte. Weil ich so lange durch Paris geirrt bin, so wenig geschlafen habe und an den zwielichtigsten Orten war. Nach drei Tagen hat mich der Schwarze wieder zurückgebracht und gesagt: »Ich konnte nicht anders, es ging dir zu schlecht.«

Tatsächlich war ich nach Paris gefahren, um deinen Vater in Roissy abzuholen. Ich weiß nicht mehr, von wo er kam, aber wir waren sowieso schon getrennt. Als er mich am Flughafen gesehen hat, hat er mich ignoriert, ist an mir vorbei und mit seinen Freunden weggegangen. Dein Vater war meine Droge, verstehst du, mein einziger Bezugspunkt, und er … er hat mich weggeworfen. Ich war völlig am Ende … Ich habe noch andere Geschichten, zum Beispiel die, als ich als Strohmann herhalten musste …

Nein, nein, dein Vater, er hat zu meinem Vater gesagt: »Ihre Tochter ist total krank, entweder ihr Leben oder meins, deshalb rette ich lieber meins. Ich verlasse sie.« Ganz schön hart, das Leben, hm? Hilft es dir, wenn ich davon erzähle?

Mir hilft es jedenfalls, darüber zu schreiben, in meine Vergangenheit einzutauchen, da kommen Sachen aus meinem Unterbewusstsein wieder an die Oberfläche, einfach genial!

Noch eine Geschichte, die auch nicht schlecht ist: Eine Frau macht eine Chemotherapie und zieht sich total zurück, damit niemand sieht, dass sie keine Haare mehr hat, und dann, eines Abends, macht sie sich schön, um ins Kino zu gehen, doch sie vergisst ihre Perücke. Sie wundert sich, warum alle sie anstarren, begreift aber nicht, was los ist.

Ich kann dir so viele Geschichten erzählen, wie du willst, Hunderte, Tausende, wir tun uns zusammen, hast du Lust? Berühmt will ich gar nicht werden. Ich liefere dir einen Fundus von Geschichten, aus dem du dich bedienen kannst, was sagst du dazu?

Und wer weiß, vielleicht verdienst du damit eine Menge Geld. Dann kannst du deine Mutter in einem schönen Altersheim unterbringen.

Hörst du sie heulen, die Kleine? Sie haben sie mir für den ganzen Tag hiergelassen, aber sie ist unerträglich! Ich kann nicht mehr! Warte, ich schalte den Lautsprecher ein, damit du auch was davon hast!

Valentine! Deine Tante kann dich jetzt hören, also hör auf mit dem Theater! Deinen Eltern kannst du ja auf der Nase herumtanzen, aber mir nicht! Und bei mir wirst du dein Karottenpüree aufessen, das kann ich dir sagen! Nein, so was! Ich lasse mir doch von einer fünfzehn Monate alten Göre nicht sagen, wo's langgeht!

Valentine! Aber, aber … wo rennt sie jetzt hin? Valentine! RÄUM SOFORT DIESE FILZSTIFTE WEG!

Oje, ich muss auflegen! Sie zerkratzt mir den Couchtisch! Sie schmiert mir alles voll! Keine Filzstifte mitbringen, habe ich gesagt, sie macht mir nur alles schmutzig! Nach dem letzten Mal musste ich ewig putzen, bis ich alle Flecken wieder weghatte, die sie hinterlassen hat. Ich musste scheuern und schrubben wie eine Blöde …

Auf, Valentine, leg dieses Zeug sofort in die Spielzeugkiste zurück, wie kann man nur so viele Sachen haben! Verwöhntes Balg! Meinst du, ICH hätte Spielsachen gehabt, als ich klein war? Rein gar nichts hatte ich, keine Farbstifte und keine Knetmasse, ich saß in meiner Ecke und habe mich allein beschäftigt, ich bin keinem auf den Geist gegangen.

Hallo? Wenn du meine Meinung hören willst: Ihre Eltern verwöhnen sie viel zu sehr, damit tun sie ihr keinen Gefallen, und später wird sie auf die Nase fallen … Stimmt's, Valentine, du wirst auf die Nase fallen, wenn du später mal merkst, dass das Leben kein Zuckerschlecken ist und dass die Geschichten von Prinzessinnen und dem Weihnachtsmann nur Blödsinn sind …

Deine Omi kann dir sagen, dass das Leben schlimm ist: Die Menschen sind gemein, schrecklich, furchtbar, und aus diesem Grund ist deine Omi lieber allein, da hat sie ihre Ruhe … Valentine? Gibst du der Omi ein Küsschen? Komm, Schatz, gib mir ein Küsschen, bitte! Valentine? Du sollst deiner Omi sofort ein Küsschen geben! Valentine! Na schön, dann lass es bleiben. Bleib in deiner Ecke sitzen, du bist ab jetzt LUFT für mich! Als ich in deinem Alter war, habe ich nie ein Küsschen bekommen, nie! Mein Vater und meine Mutter hatten richtig Angst davor.

Valentine! Zum letzten Mal: Gib deiner Omi ein Küsschen, und zwar augenblicklich! Valentine: eins, zwei … Valentine! Gut, wenn es so ist, bringe ich dich auf der Stelle zu deinen Eltern zurück, sie haben dich gewollt, sollen sie auch auf dich aufpassen. Ich hatte sie gewarnt: Zwei Kinder so kurz hintereinander, damit seid ihr total überfordert, sie hatten mit deinem Bruder schon genug zu tun.

Nun ja, hoffen wir, dass sie nicht noch an ein drittes Kind denken. Na schön, schrei eben! Lässt mich völlig kalt. Valentine! Jetzt wälzt sie sich auch noch auf dem Boden herum! Du Schauspielerin! Willst du deiner Omi ein Spektakel bieten? Hallo? Hörst du das? Ich bin am Ende, fix und fertig! Womit habe ich so ein Balg verdient? Sieh du wenigstens zu, dass du kein Kind kriegst. Sonst hast du keine Ruhe mehr! Und lass dich von keinem Typen reinlegen, du bist frei, und das ist Gold wert!

Puh, geschafft, ich habe sie endlich im Bett. Aber glaub mir, was für ein Affenzirkus! Ihre Eltern lassen ihr offenbar alles durchgehen, sie braucht nur einen Piepser von sich zu geben, und schon rufen sie: »Was ist, mein kleiner Liebling, wo tut es dir weh, sag, hast du Hunger?« Ein Kind, das heult, will nur seinen Willen durchsetzen. Aber mal ehrlich – sind wir da, um den Kindern zu gehorchen? Was für eine verkehrte Welt. Aber ich sage zu der Kleinen: »Bei Omi hast du nicht das Sagen. Hier mache ICH die Regeln, nicht du. Hätte gerade noch gefehlt!« Dann brüllt sie und verkrampft sich, das muss man gesehen haben, wie wütend sie werden kann. Aber ich lasse sie schreien, stecke sie ins Bett, und dann ist Zapfenstreich!

Nun ja, es ist ihre Tochter, sollen sie machen, was sie wollen! Auf mich hört sowieso keiner!

Ja, die Kleine ist wieder weg. Du glaubst nicht, wie sie mir fehlt! Ich muss dauernd an sie denken, sie ist so was von süß, ein kleiner Sonnenschein! Wie ich dieses Kind liebe! Sie ist mein süßer kleiner Schatz! Mein Goldstück!

Es ist nicht so, dass ich dich nicht auch geliebt hätte, nein, ich war ganz vernarrt in dich, als du noch ein Baby warst, aber es ist schwieriger geworden, als du zwei, drei Jahre alt warst, weißt du – so alt wie Valentine jetzt. Als du angefangen hast, deinen eigenen Kopf durchzusetzen und zu widersprechen. Du warst nicht mehr das hübsche kleine Püppchen, dem ich die Fußsohlen geküsst habe, du hast gebrüllt, wenn ich dich anziehen wollte, und hast die ganze Zeit nur noch »nein, nein, nein« geschrien. Was hätte ich da machen sollen? Es war jedenfalls nicht meine Schuld, denn DU hast mich abgelehnt und nicht umgekehrt.

Was sagst du da? Ach was, ich bin kein bisschen manipulativ, ich möchte nur, dass man sich um mich kümmert, dass man mich liebt. Das ist alles.

Aber nein, es lag daran, dass dein Bruder einen besseren Charakter hatte, er hat kaum geredet, und im Übrigen hat er erst mit drei Jahren angefangen zu sprechen. Er war ruhig, hat viel gelächelt. Er hat von Anfang an durchgeschlafen, ist nie laut geworden, er war ein Engel, ein liebes, niedliches Pummelchen.

In euren Augen werde ich immer die bleiben, die euch kaputtgemacht hat und derentwegen ihr Künstler geworden seid. Aber da ist noch etwas anderes, nicht wahr? Ihr seht das Glas immer nur halbleer, und ihr solltet endlich auch diesen Rest austrinken!

Stimmt, im Grunde habt ihr euch bei mir nie für eure Kindheit bedankt. Ihr habt nie gesagt: »Danke, Mama, nur dank dir haben wir all diese positiven Eigenschaften entwickelt und sind zu dem geworden, was wir sind.«

Und außerdem gibt es ja nicht nur mich, ihr habt auch einen Vater, und wenn er mich nicht verlassen hätte, wäre heute alles anders. Er war immerhin mein Mann.

Ich war noch sehr unselbständig mit dreißig, als euer Vater weggegangen ist, und ich konnte nicht mal meine Kontoauszüge lesen. Mai 68? Ach was! Statt zur Nachprüfung zu gehen und mein Abitur zu machen, habe ich geheiratet. Damals war es üblich, dass sich der Mann um alles gekümmert hat, ganz altmodisch eben.

Ich habe ihnen eine Vase für ihr neues Haus geschenkt, eine schöne Vase. War ganz schön teuer. Hat sie etwas erwähnt? Wie findet sie meine Vase? Hat sie sich gefreut? Denn nach außen hin tut sie immer so, als würde sie sich freuen, aber man weiß nie, was sie wirklich denkt.

Ach nee, sie hat gesagt, sie finde sie kitschig? Kitschig – meine Vase?! Dabei hat sie ohnehin nur scheußliches Zeug in ihrem Haus rumstehen, alten Plunder. Man muss sich nur ihre Bilder ansehen, ihren Nippes … und ich mit meiner Vase soll nun kitschig sein? Wenn es so ist, kriegt sie von mir nichts mehr. Und der Pulli, den ich für sie gestrickt habe, ganze Nächte saß ich da dran. Ich habe mir die Augen ruiniert, und sie, sie trägt ihn nie. Sie ist so kalt, so hartherzig zu mir. Eine tolle Schwiegertochter! Manchmal regt sie mich wirklich auf! Gründe findet sie ja genügend! Da muss ich mich immer schwer zusammenreißen, um nicht noch Öl ins Feuer zu gießen, aber es fällt mir wahrlich nicht leicht, du weißt schon, was ich meine, geht wohl allen Schwiegermüttern so.

Und er – du müsstest mal sehen, wie er springt, wenn sie pfeift, ich erkenne meinen Sohn nicht wieder. Vor mir spuckt er zwar immer große Töne, aber ich weiß genau, dass sie ihn an der Kandare hat. Aber nein, das darf ich ihm gegenüber nicht ansprechen, es ist ein Jammer.

Hallo, meine Süße? Ich rufe dich mit Colettes Handy an, meines wurde mir gestohlen, stell dir vor! Ich weiß nicht, eben war es noch in meiner Handtasche, und plötzlich war es weg! Mit all meinen Nummern drin! Wenn du mich sprechen willst, ruf auf dem Festnetz an, okay? Nein, nein, ich bin nur etwas mitgenommen, aber es geht schon.

Schluss mit Jammern. Ich habe mir ein neues Handy gekauft, hundertfünfzig Euro. Begrenzte Stückzahl. Es war das letzte, und ich habe zugegriffen. Ich bin wie der Blitz zu Orange gerannt.

Weißt du, dass ich wieder zur Wassergymnastik mit den alten Omas gehe? Denn sonst … na ja, die lästigen Kilos – pfft … Mit Colette habe ich viel Spaß! Wir machen Hippie-Abende, mit Musikern vom Typ

Renaud, und wir lernen Polka tanzen. Hab ich dir schon erzählt, dass sie nach Tunesien geht? Ja, eine Woche in ein Clubhotel, in Sousse! Ach, wie gern würde ich mitfahren, wo ich doch nie gereist bin, ah, Tunesien, davon habe ich schon immer geträumt! Aber wie ich schon zu deinem Bruder gesagt habe, fehlt mir das nötige Kleingeld – tja, Pech gehabt.

Aber es würde mir natürlich guttun, nach dem Albtraum der letzten Monate, und jetzt, wo die Chemo abgeschlossen ist, wäre ich frei wie ein Vogel. Aber gut, daran ist nichts zu ändern, Colette reist hin, und ich bleibe hier.

Wirklich, das würdest du tun? Du würdest mir die Reise bezahlen? Einen Teil? Ach ja, und warum nicht alles? Gut, gut, ich werde es mir überlegen … Das würdest du für deine Mutter tun? Oh, meine Tochter, meine geliebte Tochter! Du bist zwar eine Nervensäge, aber im Grunde bist du wie ich, du hast ein Herz! Ich muss sofort Colette anrufen und fragen, ob es noch freie Plätze gibt.

Sorry, ich habe versehentlich aufgelegt. Ich komme noch nicht ganz klar mit dem neuen Handy. Es geht dauernd aus, und der Bildschirm wird schwarz, schaust du es dir an, wenn du das nächste Mal hier bist? Ja, glaub mir, die Kamera geht von ganz allein an, wenn jemand anruft. Erst heute Morgen bekam ich von einem Bekannten zu hören: »Das ist ja irre, Charlène, du bist noch im Nachthemd, und ich kann dich sehen.« War mir das peinlich! Ich war gerade erst aufgestanden, und mein Gesicht war noch ganz verquollen. Da habe ich mir dieses Gerät gekauft, um mir das Leben zu erleichtern, und was ist? Ein Volltreffer! Seit ich es habe, habe ich die Hälfte meiner Freunde verloren.

Und der Bildhintergrund? Weißt du, wie man den verändern kann? Nein, ich habe ein Foto von dir genommen, aber das hab ich jetzt satt, ich würde lieber was anderes sehen.

Ich bin in Tunesien! Ich spreche auch nur ganz kurz, weil ich glaube, dass DU das Gespräch bezahlen musst, stimmt's?

Keine Wellen, ein spiegelglattes Meer!

Unsere Anreise war echt furchtbar. Auf dem Schiff habe ich mir fast die Seele aus dem Leib gekotzt.

Einwandfreier Service, köstliches Gemüse, immer frisch: eine Art Club Med, nur wesentlich edler.

Tolle Animation, mit Kabaretts, besser als in Paris.

Am Abend machen wir Spiele und Karaoke, wie in diesen Fernsehshows, das längste Wort ist gefragt, wir albern mit den Animateuren herum. Wenn Colette *Le géant de papier* singt, gewinnt sie jedes Mal den Jackpot. Macht alles total Spaß! Außerdem hab ich Country Dance und Bauchtanz gelernt. Sie haben mir kleine Glöckchen um den Bauch gehängt, du hättest mich sehen sollen! Deine Mutter schlägt sich wacker, ob du es glaubst oder nicht.

Colette ist neben mir, soll ich sie dir geben? Ach so, stimmt, das Telefonat geht ja auf deine Kosten, also … Küsschen, Küsschen und salut!

Ja, gestern Abend bin ich zurückgekommen! Das war eine gute Idee, dieser Urlaub in Tunesien, dein Geld war gut angelegt.

Dort war es nicht teuer, man hat mit Dinar bezahlt. Ausflüge habe ich keine gemacht, warum stundenlang im Bus sitzen, nur um Tunesien zu sehen, nein danke! Colette hat auch gemeint: ein einziger Touristennepp.

Und dann, die Tunesier, die kommen dauernd mit Zigarettenstangen an, Parfüms – alles, was man sich vorstellen kann. Mit der Zeit wird das richtig lästig.

Ich bin mit einer Tasche voller Geschenke zurückgekommen, megaschwer. Für die Kleine habe ich ein Kamel gekauft, das weinen kann, für den Kleinen diese landestypischen Schnabelschuhe, Babouches genannt, und für Sylvie ein Schaffell. Ursprünglich hatte ich für sie eine kleine gewebte Tasche gekauft, wie man sie da unten hat, aber eigentlich war sie zu schön für sie, und deshalb behalte ich sie lieber für mich. Und für dich, nein, für dich habe ich nichts mitgebracht. Ich weiß doch, dass man es dir nie recht machen kann, und um nicht schon wieder einen Rüffel zu kriegen, habe ich mich zurückgehalten.

Unterwegs habe ich übrigens jemanden kennengelernt, einen Claude. Er hat mir gleich gefallen, obwohl er zwei Päckchen pro Tag raucht. Wir haben mit Colette getauscht, sie ist in Claudes Zimmer gezogen, und er kam in unseres, das sehr viel größer war. Es kam mir fast so vor, als wenn wir ein Paar wären. Colette war natürlich nicht begeistert, anfangs hat sie protestiert und geschimpft. Logisch! Ich habe versucht, mit ihr zu reden und es ihr zu erklären, und habe auf sie eingeredet, doch es hat nichts genützt. Da habe ich sie einfach ignoriert. Colette ist als Single mitgekommen, und das ist sie auch auf der ganzen Reise geblieben.

Er ist Witwer, dieser Claude. Und er hat seine Frau tot aufgefunden. Er hat mir erzählt: »Ich habe mich eines Morgens gewundert, weil sie um neun noch nicht aufgestanden war.« Gegen zehn Uhr hat er wieder nach ihr geschaut, weil sie immer noch nicht aufgestanden war. Konnte sie auch nicht, weil sie nämlich tot war. Er hat gesagt: »Ich musste zuerst das Zimmer lüften, weil es schon anfing zu müffeln.«

Rauchen geht super mit ihm. Bis ich eine geraucht habe, hat er sich schon zwei reingezogen.

Er hatte seit vier Jahren mit keiner Frau mehr geflirtet. Sogar das Küssen hatte er verlernt.

Er ist ein total altmodischer Mensch, kein Computer. »Computer sind doch Quatsch«, sagt er, und da habe ich gemeint: »Aber, Claude, du bist schon ganz schön engstirnig.«

Anfangs habe ich es richtig genossen, aber nach einer Weile hat man genug, kennt man ja alles.

Der Trainer, den wir in Aquagymnastik hatten, war ein Idiot, er hat uns im Wasser dauernd kritisiert und war gemein zu uns. Die anderen Animateure waren alle sehr nett, sie hatten tolle Kulissen, und ihre Kostüme waren richtige Kunstwerke! Da gab es nichts auszusetzen, wirklich nicht. Du hättest gestaunt.

Aber natürlich gibt es immer ein paar Doofe, die sich beschweren, obwohl das Essen sehr gut war. Es gab Kürbisse, auch Hokkaidokürbisse, alle möglichen Gemüsesuppen …

Am tollsten fand ich die Desserts, und ich habe

meinen Teller immer bis zum Rand vollgehäuft. Colette hat natürlich gesagt: »Mein Gott, willst du dir das etwa alles reinstopfen?« Früher hätte ich mich geschämt und es in den falschen Hals bekommen, aber damit ist es vorbei!

Der Claude, der ist im Ruhestand, früher war er beim Zoll, und er hat tatsächlich dauernd im Zimmer herumgeschnüffelt. Sogar meine Tasche hat er durchwühlt, so richtig gründlich, und dann hat er ein wissendes Gesicht gemacht und gesagt: »Ah, die Taschen der Frauen, die Taschen der Frauen …«

Nachts konnte ich nicht schlafen. Er hat immer wieder aufgehört zu atmen, mindestens für dreißig Sekunden, da bekam er seine Apnoe, wie er sagte, und anfangs bin ich fast in Panik geraten. Irgendwann habe ich mir Ohropax in die Ohren gesteckt und mir gesagt: Apnoe hin oder her, wenn er stirbt, höre ich es nicht, sei's drum.

Aber ehrlich gesagt habe ich keinen Nerv mehr, jemanden um mich herum zu ertragen. Das bedeutet nur Stress, es macht mir Angst, am Ende würde ich nur wieder Schuppenflechte kriegen.

Er war schön wie ein Raubvogel, Claude. Er hatte so mandelförmige Falkenaugen, wenn du weißt, was ich meine? Doch, wie heißt er nochmal, dieser Schauspieler? Der Sohn von Jean-Pierre Cassel, dasselbe Gesicht, nicht übel, absolut nicht.

Nein, seit wir uns am Flughafen verabschiedet haben, habe ich nichts mehr gehört, er hat nicht zurückgerufen. Er gehört zu diesen Typen, bei denen man glaubt, sie würden viel denken, doch in Wirklichkeit gibt er nichts von sich preis und ist ein muffeliger Brummbär.

170+156−1515=… o nein, das kann nicht sein! So ein Durcheinander! Das darf nicht wahr sein! 850−1600 – o Gott! Wie geht das nochmal? Bei diesen Scheiß-Kontoauszügen kommt doch kein Mensch mit! Pffft. Es sei denn, es wäre 375−127−96,30 und dann … nein, geht nicht. Pffft. Mit diesen Kontoauszügen komme ich einfach nicht klar. Was hast du gesagt? Ach, hört doch auf, euch zu beschweren, dein Bruder und du, bei all dem, was ihr mir vorzuwerfen habt, dürftet ihr gar nicht mehr mit mir reden. Da ihr mich aber immer noch besuchen kommt, war ich wohl doch nicht so schlimm. Kinder, die ernsthaft traumatisiert sind, reden gar nicht mehr mit ihren Eltern.

Was ist mit diesen 10 Euro? Intermarché? 10 Euro bei Intermarché? Wie kommen die darauf? 7,37 mit der Carte Bleue, sag bloß. Doch, das mit der Carte Bleue, das stimmt. Gaz de France? Sie haben abgebucht, obwohl ich gar nichts von ihnen wollte! Autsch, das tut weh! 26,80, was war das? Wie soll man bis zum Monatsende durchkommen, wenn einem dauernd ohne Vorwarnung Geld abgebucht wird? Gaz de France, 67 Euro. Diese Schweine! Dauernd muss man zahlen, zahlen, zahlen, stimmt's?

Ein bisschen Nachsicht, ich bin schließlich eine alte Frau. Man muss sich weiterentwickeln. Und dir geht es gar nicht so schlecht, meine Tochter: Wenn ich dich sehe, lachst du manchmal ganz schön viel.

375 am 9. Juni. Wie das? Haben sie mir meine Rente nicht überwiesen? Normalerweise kommt sie am 9., und am 9. Juli habe ich nichts gekriegt. Wie schrecklich! Wie machen es die Leute, die nur diese 375 Euro zum Leben haben, und dann vergisst man sie auch noch. Eine Schande!

Ich weiß, ich bin ein Scheusal. Meine Eltern haben es mir oft genug gesagt, na und? Ich kann jedenfalls nichts dafür. Wir Bipolaren sind zu allem fähig, im Guten wie im Schlechten, das liegt an der Krankheit.

1615 = 1888, wie das? Die in der Bank haben sich total vertan! Ich flippe noch aus! Dann werde ich wohl schon wieder einen Termin bei meinem Bankberater machen müssen. Aber was haben sie gemacht, was haben sie nur gemacht mit meiner Rente? Gut, ich rufe sie an.

Du findest, ich sei zu streng mit dir gewesen, aber das ist doch längst vorbei und vergessen, was zählt, ist, dass ich heute ganz anders bin. Ich liebe dich, das weißt du, du bist meine Tochter, ich habe dich sehr gern, mit meinen Freundinnen rede ich die ganze Zeit über dich, ich drücke ihnen deine Bücher in die Hand, die sie natürlich nicht lesen, aber sie sagen: »Ah, deine Tochter, immer deine Tochter ...« Ich würde alles, wirklich alles dafür geben, damit du wenigstens jetzt glücklich bist. Herrje, damals war ich einfach dumm, unreif und dumm. Ich war zu jung für Kinder, ich hätte jemanden gebraucht, der sich um MICH kümmert.

Reiß dich ein bisschen zusammen, wenn wir uns sehen, ich ertrage es nicht mehr, mir dauernd Vorwürfe anhören zu müssen.

Wie bitte? Sag das nochmal! Schämst du dich nicht? Na schön, wenn wir uns nicht verstehen, dann sehe ich nur eine Lösung: Sehen wir uns eben nicht mehr. Du bist nicht mehr meine Tochter, und ich bin nicht mehr deine Mutter. Kein Mensch zwingt uns, uns zu sehen.

Bei mir geht immer alles den Bach runter! Pfft. Ich will nie mehr von dir hören, du bist für mich gestorben. Ich habe keine Tochter mehr.

Hallo, ich bin's! Stell dir vor: Ich habe jemanden kennengelernt. Einen netten Kerl, ein Typ wie Jean-Louis, erinnerst du dich an Jean-Louis, den Saxofonspieler? Es war … wie sagt man noch gleich … Liebe auf den ersten Blick. Tja, man muss zugreifen, wenn einem das Leben eine Chance bietet. Eine Nacht … sexuell gesehen, echt der Wahnsinn … So was habe ich noch nie erlebt, in meinem Alter …

Als ich dann ging, war er etwas eingeschnappt, meinst du, er ist verliebt? Ein bisschen? Sagen wir, dass ich ihn geködert habe. Mit Männern ist es wie mit Fischen, man muss sie anlocken, dann ködern, rausziehen, und hopp – schon kannst du sie haben.

Keine Tabus mehr. Sich total fallenlassen … eine Nacht, ah, wie lange ist es her, dass ich so etwas erlebt habe! Eine großartige Nacht, ich war im siebten Himmel! Ein phantastischer Liebhaber! Wahnsinn, dass ich erst so alt werden musste, um so etwas zu erleben. Der Hammer! *Fifty Shades* ist nichts im Vergleich dazu.

Warum ist dir das peinlich? Gehört doch mit zum

Leben. Du magst es nicht, wenn deine Mutter über Sex spricht? Komisch, dein Bruder hat das auch gesagt, seid ihr zwei nicht ein bisschen verklemmt? Ist so etwas innerhalb der Familie tabu? Oh, Verzeihung, Verzeihung, das habe ich nicht gewusst.

Ich kann dir sagen, aber ich sage ja nichts, aber weißt du was? Da bin ich dreiundsechzig und habe es nie geschafft, einen Mann zu halten.

Colette hat vielleicht doch recht, wenn sie sagt, dass ich für mein Alter ziemlich unreif bin. Kann gut sein, dass ich noch ein oder zwei Leben brauche, bis ich mein Karma abgearbeitet habe.

Ach nichts, ich wollte nur deine Stimme hören …

Nein, nein, ich glaube jedes Mal, dass es der Richtige ist, ich lasse mich voll ein, und am Ende falle ich immer auf die Schnauze.

Noch ein Typ, der mir eine reingewürgt hat … der nicht in mich verliebt war … Er hat gesagt, es sei besser, wenn wir uns nicht mehr sehen, der Trottel! Da reiche ich ihm die Hand, und was macht er? Er nimmt sie nicht an!

Ach wie schön, das ist ja sensationell! Ich freue mich für dich. Wieder ein Dichter? Aber so wie ich dich kenne, hast du ihn bald wieder satt, das geht bei dir so schnell, wie du dich verliebst. Aber wenn er ein guter Typ ist, gib dir etwas Mühe, mein Kind. Lach nicht zu laut, sei zurückhaltend und kontrolliere dich. Wir anderen kennen dich ja, uns macht es nichts aus, aber wenn jemand nicht daran gewöhnt ist, ist es schon verstörend. Ich sage es dir in deinem Interesse, es wäre mir lieber, wenn du nicht mehr allein wärst.

Und dann, vor allem, sag nichts Schlechtes über deine Mutter, ich kenne dich, du willst gut dastehen, indem du deine Familie schlechtmachst, aber wenn mich die Leute dann kennenlernen, finden sie mich ganz sympathisch, und du bist die Blamierte.

Nein, nein, ich bin noch im Internet. Ich habe mich jetzt bei AdoptUnType angemeldet. Kostet nichts, und außerdem siehst du die anderen Frauen, also deine Konkurrenz. Da ist eine, die hat geschrieben: *Ich brauche Hilfe.* Ganz unverblümt. *Ein Lächeln, ein Blick kann der Beginn einer schönen Geschichte sein.* Eine andere, die sich V*erlorene Seele* nennt, hofft auf ein kleines Zeichen. Der geht es noch schlimmer als mir, der Armen. Sie schreibt: *Liebet einander,* o nein, sie will nicht, dass man auch die andere Wange hinhält? Schrecklich, was man hier alles liest, einfach schrecklich.

Die 174 Euro, die ich für mein Abo bei Meetic ausgegeben habe, bereue ich richtig. Dieses Geld hätte ich besser für Körperpflege und sonstige Sachen ausgegeben, um mich nach der Chemo wieder aufzubauen.

Ich werde auch zwei Fotos meines Hundes in mein Profil reinstellen. Zwei, auf denen sie besonders hübsch ist, mit der süßen Schleife auf dem Kopf. Wer meine Süße nicht mag, kommt für mich sowieso nicht in Frage. Mein Hündchen ist für mich so wichtig wie meine Kinder, es ist mir heilig.

Es gefällt mir gar nicht, dass du NIE rangehst, wenn ich anrufe. Du rufst mich nur an, wenn du etwas brauchst, und wenn du nichts brauchst, pah, dann nimmst du gar nicht erst ab.

Das war deine Mutter.

Bis dann.

Ich kann dich nicht verstehen. Sag nicht, dass du dir immer noch die Zähne putzt! Das darf nicht wahr sein, du bürstest dir den ganzen Zahnschmelz weg. Wie? Und nachher cremst du dich auch noch ein? Was pflegst du dich, sag bloß, du achtest großartig auf dich! Ich pflege mich gar nicht mehr, ich schmiere mir nichts mehr auf die Haut, ist mir alles egal. Am

Abend habe ich keine Lust mehr, zu nichts, und meistens gehe ich sogar in voller Montur ins Bett.

Was habe ich nicht Diäten gemacht und Geld für Klamotten ausgegeben! Früher war ich wie du, ich habe mich schöngemacht und aufgetakelt, aber irgendwann habe ich damit aufgehört, das alles interessiert mich kein bisschen mehr.

Eigentlich interessiert mich gar nichts mehr, weder das Schwimmbad noch meine Freundinnen. Alles nur Schwachsinn für Tussis, die nicht wissen, wie sie die Zeit totschlagen sollen, man trifft die unmöglichsten Leute. Einen Glimmstängel im Mund zu haben, ist das Einzige, was mich noch interessiert, zu jeder Tages- und Nachtzeit. Ich bin definitiv krank. Ah, ich hab's so satt! Heute Abend würde ich mich am liebsten umbringen, ich ertrage mich nicht mehr.

Mein kleines Herz.

Ich rutsche gerade wieder in eine Depression ab.

Der Arzt hat meine Medikamente abgesetzt, aber das ging schief. Ich musste ganz schnell wieder damit anfangen. Aber nur Xanax und Témesta. Und ein bisschen Dépamide natürlich auch. Inzwischen bin ich wieder bei drei am Tag. Es war zu hart. Viel zu hart.

Aber nein, du musst nicht »arme Mama« sagen, ich bin kein Opfer. Mir sind nur, wie allen Menschen,

Dinge passiert, auf die ich liebend gern verzichtet hätte.

Bist du's? Ah nein, es geht mir besser, bald ist Weihnachten! Das ist meine liebste Zeit im Jahr. Dann noch Januar, Februar, puh, das wird eine Talfahrt werden, aber im Moment geht's, Kopf hoch, ich habe die Christbaumkugeln und die Lichterketten schon aus dem Keller geholt.

Du kommst nicht allein? Ach ja? Ist es der, von dem du mir erzählt hast? Aber ich dachte, mit dem sei es schon aus? Hör mal, du weißt besser als ich, ob es aus ist oder nicht, aber bring mir keinen Fremden ins Haus, den ich hinterher nie mehr wiedersehe. Bei dir weiß man nie, was Sache ist. Bring ihn nur mit, wenn es diesmal etwas Ernstes ist.

Oh, wie ich Weihnachten liebe! So sehr. Ich glaube, das waren die einzigen Momente, in denen ich als Kind glücklich war. In denen meine Mutter nett zu mir war. Sie ließ uns Lieder von Tino Rossi hören. Und immer, wenn er in *Petit Papa Noël* sang: »Ich war nicht alle Tage ganz brav«, bin ich in Tränen ausgebrochen. Ich hatte Angst, dass ich eventuell kein Geschenk bekommen würde. Deshalb habe ich meine Mutter um Verzeihung gebeten, mehrmals hintereinander. Im Grunde genommen habe ich sie dafür um Verzeihung gebeten, dass ich überhaupt lebte.

Ich habe mit deinem Bruder telefoniert, und er macht wieder mal ein Theater wegen Weihnachten. Mal sagen sie, sie kommen, dann wieder nicht … Aber ich werde sie bestimmt nicht auf den Knien darum bitten. Ich habe nur gesagt: »Wenn es so ist, dann werde ich Weihnachten eben ganz allein verbringen, sei's drum.« Ich denke nicht daran, sie anzubetteln, ist nicht meine Art.

Das halte ich nicht aus! Weihnachten ganz allein – das geht nicht.

Dann komm eben mit deinem Freund, Hauptsache, wir sind zusammen, auch wenn es kein richtiges Weihnachtsessen gibt.

Sprich etwas lauter, ich kann dich nicht verstehen, dieser Scheißköter von nebenan bellt und bellt. Seit einer Ewigkeit bellt er wie verrückt, es ist nicht auszuhalten. Doch das ist meinen Nachbarinnen egal. Weißt du, was sie gesagt haben, als ich rüberging und mich beschwert habe? Er würde auf jeden Fall draußen bleiben, und wenn er bellt, dann bellt er eben. Manche Leute sind … so was von unverschämt, das Letzte …

Kannst du dir vorstellen, wie es ist, von früh bis spät diesen dreckigen Köter hören zu müssen? Diese gemeinen Nachbarinnen! Dabei habe ich ihnen erklärt, dass ich schwache Nerven habe und von dem Gebell wieder eine Depression kriege. Meinst du, das würde sie interessieren? Nicht die Bohne! Sie haben mir ins Gesicht gelacht! Ah, ich nehme ja schon Tabletten, seit Jahren muss ich das ertragen!

Die Krippe ist fertig, der Baum, die Lichterketten, alles ist vorbereitet, jetzt fehlt nur noch ihr. Ich streiche die Tage auf dem Kalender durch, wie ein kleines Kind!

Dein Bruder und sie bekommen diese Hängelampe, die sie ja haben wollten. Dir gebe ich Geld, und dann kannst du dir kaufen, was du willst, das ist besser, nicht wahr? Jeder fünfzig Euro und fertig.

Zu Weihnachten gibt's eine Bûche! Meine steht schon seit drei Tagen im Kühlschrank. Frisch ist die Biskuitrolle mit Creme ja nicht gut, eine gute Bûche muss ein paar Tage alt sein. Meinst du, sie wird deinem Freund schmecken? Ah, da muss er durch, eine Bûche muss sein zu Weihnachten. Die Bûches vom Konditor mag ich nicht mehr, sie schmecken scheußlich. Ich mag nur MEINE Bûche. Die kann man fünf, sechs Tage im Kühlschrank aufbewahren, und sie bleibt frisch. Ich habe für euch auch einen Truthahn vorbereitet. Mit Ananas, im eigenen Saft gebraten, ohne Fett.

Du bekommst von mir fünfzig Euro zu Weihnachten, ist dir klar, wie viel Geld fünfzig Euro für mich sind? Bei meiner kleinen Rente! Ist dir das klar? Freust du dich wenigstens?

Ich habe nachgedacht: Ich schenke dir Geld zu Weihnachten, aber mal ehrlich, eigentlich brauchst du es gar nicht bei deinem Gehalt, oder? Wie viel verdienst du nochmal? Und wie hoch sind die Nebenkosten für deine Wohnung? Und trotzdem schaffst du es nicht, etwas Geld beiseitezulegen? Und da soll ich, mit meinen paar Kröten, dir fünfzig Euro schenken? Eigentlich solltest DU mich finanziell unterstützen, meinst du nicht?

Aber nein, ich lasse sie gern noch ein bisschen jaulen, meine Kleine, um meine Nachbarn zu ärgern. Rache ist süß. Aber zurzeit nervt er mich ganz schön, dieser Hund! Immer wenn ich esse, setzt er sich vor mich und starrt mich an, irgendwann kriege ich noch Komplexe.

Zwei Tage? Ihr bleibt nicht länger, du und dein

Freund? Aber, aber … ich weiß nicht, ich dachte, dass ihr wenigstens bis Neujahr bleibt … Die Kinder meiner Nachbarinnen bleiben die ganzen Feiertage über … Wie war das? Man bekommt Kinder nicht, um sie für sich zu behalten? Das sind Floskeln, die man nur sagt, wenn man kein Herz hat. In Wahrheit bekommt man die Kinder für sich, alles andere wäre zu egoistisch.

Na schön, alles klar. Du bekommst diese fünfzig Euro, und wir reden nicht mehr darüber. Dein Bruder kriegt sie ja auch. Aber du verrätst es ihm nicht, okay? Wenn sie wüssten, dass ich dir fünfzig Euro gebe und ihnen auch, obwohl sie zwei Kinder haben und du ganz allein bist, gäbe es böses Blut. Ich will nicht, dass es Streit oder Eifersüchteleien zwischen euch gibt, ich will nicht, dass es so kommt wie bei meinem Bruder und mir. Du nimmst das Geld also, ein für alle Mal – und kein Wort darüber. Falls sie dich fragen, was du von mir bekommen hast, sagst du nichts. Das hier bleibt zwischen dir und mir. Willst du lieber einen Scheck oder Bargeld? Aber dann bring es sofort zur Bank, sonst verlierst du es noch! Es ist schließlich kein Pappenstiel, und vergiss nicht, dass ich es von meiner Rente abgezwackt habe!

Tja, aber wenn ich irgendwann kein Geld mehr auf dem Konto habe, müsst ihr wohl oder übel einspringen, das besprichst du dann mit deinem Bruder, am besten macht ihr halbe-halbe.

Wie du mit mir sprichst, wenn er dabei ist – was soll dieser Ton? Hältst du dich für so viel intelligenter? Du machst mir Vorhaltungen, blaffst mich vor einem Fremden an, aber letztendlich machst du dich damit nur lächerlich! Werd endlich erwachsen, gib dir ein bisschen Mühe. Und der arme Junge, was war es ihm peinlich! Wo er doch so charmant ist, sehr ruhig, höflich, und er war mir gegenüber sehr aufmerksam – im Gegensatz zu dir. Männer wie ihn findest du nicht an jeder Straßenecke: Er hat mir das Auto gewaschen, meinen Drucker repariert, einfach toll! Ich mag ihn wirklich sehr. Falls du ihn nicht mehr haben willst – ICH würde ihn mit Handkuss nehmen. Und er ist schön groß, gut gebaut, und dann diese Haare! Es kommt nicht oft vor, dass Männer in seinem Alter noch so viele Haare haben, nein wirklich, er ist großartig. Und im Übrigen musst du bedenken, dass du auch nicht gerade eine Schönheitskönigin bist, da findest du sowieso nichts Besseres.

Acht Uhr, hopp, und ich bin schon unterwegs. Ich trinke meinen Kaffee, man bringt mir die Zeitung, ich lese das Horoskop. Ich mache ein bisschen was im Haushalt, es geht mir so gut wie noch nie. O nein, ich hätte es echt nicht nötig, mich mit einem Mann rumzuärgern.

Heute Mittag im Restaurant habe ich ein Pärchen beobachtet, du hättest den Mann mal sehen sollen. Er hat nur über die Börse und über Wettgeschäfte geredet, der armen Frau sah man an, dass sie sich zu Tode langweilt. So etwas ertragen zu müssen! Eine Frau muss schon sehr einsam sein, um einen Mann an ihrer Seite als Vorteil zu betrachten.

Ich führe öfter mal Selbstgespräche und sage mir: Du solltest das oder jenes machen ... Ja, ich mag mich, ich komme bestens mit mir aus.

Stell dir vor: Colette, meine Freundin Colette, kommt mich nicht mehr am Bahnhof abholen! Sie hat heute Mittag in einem Café einen Typen getroffen, sie haben ein paar Worte gewechselt, und schon war sie hin und weg. Morgen will sie zur gleichen Zeit wieder hingehen, weil sie hofft, dass er auch wieder da ist. »Er hat mit mir geredet, er hat mit mir geredet ...«, und schon war die Arme ganz aus dem Häuschen. Sie will unbedingt wieder hingehen, obwohl sie sich gar nicht verabredet haben. Das kurze Gespräch hatte doch nichts zu bedeuten, und wegen eines Kerls lässt sie ihre alte Freundin am Bahnhof stehen!

Caféïne57, siebenundfünfzig, der ist nicht schlecht. Was er erzählt? Dass er irgendwas studiert, was war's noch mal – Grafologie? Und der da, er liebt Achterbahnen? Du meine Güte!

Ich habe mich wieder bei einer neuen Singlebörse angemeldet, und wenn es auch diesmal nicht klappt, dann verzweifle ich.

Der, er heißt Roger, aber Männer, die Roger heißen, habe ich noch nie gemocht.

Oh, da ist ein hübscher Kerl, o ja! Dem werde ich schreiben. *Hallo Valmont, ich bin Chinchilla, aber Sie dürfen mich Chinchi nennen.*

Ich bin auf einer Menge Seiten unterwegs. Ich suche einen Mann, ganz allgemein, aber man findet nur Leute mit Problemen, das sieht man an mir …

Fünfunddreißig? Ein Bürschchen von fünfunddreißig Jahren steht auf mich? Nein, mal ehrlich, spinnt der? Iiih, das gefällt mir gar nicht! Noch so ein Perverser!

Pah, ich fühle mich wohl, so ganz allein, denn ich

habe meine Ruhe. Eigentlich brauche ich keinen Mann, damit es mir besser geht.

Sieh an, da ist noch ein Skorpion online. Skorpion ist gut, ein gutes Sternzeichen. Alles in allem komme ich klar mit ihnen. Wir sind rechtschaffene Menschen, wir Skorpione.

Ich habe zehn Jahre mit einem Skorpion zusammengelebt, oje! Wir haben uns gegenseitig fertiggemacht. Das steht in sämtlichen Horoskopen: »Skorpion, hüte dich vor anderen Skorpionen. Ihr werdet euch gegenseitig zerfleischen …« Du weißt schon, was ich meine, es kann nicht gut enden.

Weißt du, warum wir beide uns nicht vertragen haben, als du klein warst? Weil wir beide Skorpione sind, sogar dieselbe Dekade! Skorpione untereinander, pfft! Wir hatten denselben Charakter, da konnten wir uns ja nur in den Haaren liegen! Mit deinem Bruder habe ich mich besser verstanden, aber er ist ja auch Steinbock. Es ist eine Frage des Temperaments. Steinböcke sind so sanft, haben immer ein Lächeln auf den Lippen …

Tja, dein Bruder ist Steinbock, er ist sehr speziell, hat seinen eigenen Kopf. Achtung, wenn du einen Steinbock triffst: Sei auf der Hut!

Herrje, dieser Hund jault sich noch tot, so geht das schon seit dem frühen Morgen. Meine Nachbarinnen sind bei der Arbeit, und den Köter lassen sie ganz allein im Garten, den lieben, langen Tag.

Du weißt nicht zufällig, wo man diese Kügelchen kauft?

Nein, keine Fleischbällchen für Hunde, ganz spezielle Kügelchen. Du weißt schon, was ich meine, oder?

Machen sie hinterher eine Autopsie? Da ist sicher alles ganz glibberig, oder? Meinst du, sie kommen drauf, dass ich es war? Aber wer sonst? Dann eben nicht, aber ehrlich, wenn der Köter so weiterjault, werfe ich eines dieser Kügelchen zu ihm rüber – dann ist Ruhe!

Hallo, mein Schatz. Ich will dir nur schnell sagen, dass ich gleich in die Notaufnahme muss. Bei dir alles klar? Ja, ich muss wieder ins Krankenhaus, so schnell wie möglich. Ich habe große Schmerzen, wenn du meinen Hals sehen würdest, meine Schlagader, mein Gott, die kann jeden Augenblick platzen. Ich fürchte, es ist echt schlimm. Ich will nicht sterben, auf gar keinen Fall. Ich habe vor Schmerzen keine Minute geschlafen, und mein Hals schwillt immer mehr an. Er ist richtig dick geworden, das gibt eine Lungenembolie noch vor heute Abend, klar, ich könnte jede Sekunde eine Embolie kriegen, es ist schrecklich, ja, Colette ist da, wir wollen gleich los, und ich lasse alles stehen und liegen, du meinst doch auch, dass in einem solchen Fall schmutziges Geschirr, der Haushalt und alles andere zweitrangig ist, die Gesundheit geht vor, nicht wahr?

Den Hund lasse ich unten, soll er ruhig bellen! Ist mir egal, wenn die Nachbarn schimpfen, die sollen ruhig kommen! Wenn es einen Notfall gibt, denkt kein Mensch daran, seinen Hund irgendwem in Obhut zu geben. Man rast ins Krankenhaus, darf keine Minute vergeuden, schade, dass wir kein Blaulicht aufs Autodach klemmen können, und ich kann nur hoffen, dass nicht zu viele Leute in diesem Krankenhaus sind. Wenn etwas passiert, dann immer ausgerechnet an einem Sonntag, verflixt, es ist immer dasselbe, ich kann nicht wie alle anderen an einem Montagmorgen um neun Uhr krank werden oder spätestens an einem Donnerstag um vierzehn Uhr, nein, so etwas passiert mir nur, wenn diese Dinger eigentlich geschlossen sind.

Aber mein Zustand ist so ernst, dass sie mich auf jeden Fall gleich drannehmen müssen. Ich werde mich vordrängeln, um als Erste dranzukommen, ich lasse mich von diesen blöden Ärzten bestimmt nicht einschüchtern, nein, uuuh, ich sehe mich gerade im Spiegel, das sieht wirklich nicht gut aus, du meine Güte, mein Hals sieht aus, als würde er gleich explodieren, und er ist nicht weit weg vom Herzen und auch vom Gehirn; wenn er platzt, ist es aus, und ich bin definitiv gaga.

Hör mal, falls es tatsächlich dazu kommt, verstehst du, falls ich Gemüse werde und nur noch rumliege, will ich, dass du kommst und den Stecker ziehst. Versprich es mir! Kann ich mich darauf verlassen? Soll ich irgendwo einen Zettel hinlegen, damit du keine Probleme bekommst, ich weiß nicht, nur einen kurzen Satz, irgendwas wie »Hiermit bescheinige ich, dass nur meine Tochter das Recht hat, die Apparate abzuschalten«? Ich weiß, dass du es nicht magst, wenn ich darüber rede, aber die Lage ist ernst. Es sind praktisch meine letzten Wünsche, also musst du sie dir anhören. Himmel. Es nützt nichts, die Wahrheit zu verheimlichen, angesichts meines Zustands und da mein Hals von Minute zu Minute noch mehr anschwillt, diesmal habe ich kaum Chancen, nochmal glimpflich davonzukommen, jaja, Colette ist schon da, sie wird mich in die Notaufnahme fahren, ja, sie ist bereit und wartet schon vor der Tür, sie sitzt bereits im Auto, aber ich wollte dir vorher noch schnell Bescheid sagen …

ach ja, wo ich dich gerade am Telefon habe: Du hast nicht zufällig die Stricknadel gefunden, die ich letztes Mal in deinem Auto verloren habe? Die brauche ich, um den Pulli für die Kleine fertig zu stricken. Rate mal, was sie mir im Kurzwarengeschäft angedreht haben? Bambus-Stricknadeln, stell dir vor, der letzte Dreck, ich habe mich draufgesetzt, und das war's, sie waren kaputt. Eigentlich wollte ich mir im Internet neue bestellen, aber dann hab ich mich doch nicht getraut, ist mir zu riskant, meine Kartennummer anzugeben, sonst … Ach übrigens, ich habe eine tolle Seite entdeckt, hast du was zum Mitschreiben? Sie heißt montricot.com, ganz einfach … Gut, du hast recht, ich muss los, ich bin in einem ganz schlimmen Zustand, du hörst wieder von mir, und falls nicht, weißt du, was du zu tun hast, ja? Ich lege den Zettel neben das Telefon, aber pass auf, da liegt noch einer, auf dem steht, dass ich verbrannt werden will, du weißt ja, dass … Schon gut, einverstanden, ich lege jetzt auf, auf Wiedersehen oder Adieu, das ist wie … Hey, hast du aufgelegt?

Du wirst es nicht glauben, was der Arzt bei mir jetzt noch entdeckt hat: erste Anzeichen von Parkinson! Er hat gesagt: »In Ihrem Zustand gibt es nur zwei Möglichkeiten: entweder Kette oder betreutes Wohnen!« Ins Altersheim – in meinem Alter, der spinnt ja total! Ich denke nicht daran, ich bleibe zu Hause, bei meinem Hund! Ich gehe im Leben nicht in so ein doofes Altersheim! Aber ich bin in Remission, in Remission, und das bedeutet, dass es mir morgen besser gehen wird als heute, ach je, das erinnert mich an einen Anhänger, den mir dein Vater geschenkt hat, als wir noch jung und verliebt waren, darauf stand: »Heute mehr als gestern und weniger als morgen liebe ich dich.« Nein, nein, ich glaube nicht, dass es Parkinson ist, es ist nur so, dass ich schreckliche Angst hatte, wegen diesem verdammten Krebs zu sterben, der Schreck von damals sitzt mir noch in den Knochen und lässt mich zittern, verstehst du? Die Leute denken, man brauche nur ein paar Chemos, und alles sei wieder gut, aber an die Nebenwirkungen denkt keiner! Zum Beispiel meine Zähne, sie fallen einer nach dem anderen aus, es ist zum Heulen. Gut, ich lege jetzt auf, es ist komisch, mir dreht sich alles vor den Augen.

Oh, ich schwör's, ich habe mir die Ketten angesehen. Was für Ketten? Na, die für die Alten, was sonst? Für wenn man alt ist und nicht mehr aufrecht stehen kann! Ketten, die Alarm geben, keine Diamantcolliers! Wenn es einem schlecht geht, muss man auf den Knopf drücken, und schon kommen Hunderte von Sanitätern herbeigelaufen – hast du die Werbung im Fernsehen nicht gesehen?

Wie bitte? Schwanger? Kannst du das wiederholen? Ich höre dich so schlecht. Liegt sicher an meinem Handy oder an der Leitung, ah, gut, jetzt hab ich einen besseren Empfang. Was hast du gesagt?

Du bist schwanger? Im Ernst?

Und du willst es behalten? Aha, und wer soll darauf aufpassen?

Ich denke die ganze Zeit daran, andauernd. Unglaublich, dass dir das passiert. Dir, meiner eigenen Tochter! Was ich mich freue, ich freue mich ja so! Ah, ich werde es verhätscheln, dein Baby. Es wird mein kleiner Goldschatz sein, mein lieber kleiner Goldschatz.

Ich freue mich ja so, das kannst du dir gar nicht vorstellen. Wenn ich schon tot wäre, hätte ich dein Baby nie gesehen, allein schon dafür muss ich noch leben.

Ich stricke, solange ich noch kann, ich habe das Pulloverchen relativ kurz gemacht, es sieht ein bisschen wie ein Jäckchen aus und ist hinten offen, damit das Köpfchen durchpasst. Dein Baby bekommt es für den Winter, damit es immer schön warm hat, das ist das Wichtigste.

Ein hübsches Pulloverchen, von Omi gestrickt!

Ich muss noch den Halsausschnitt und die Ärmel machen und die Fäden vernähen, das sind Minimum noch zehn Stunden Arbeit. Pfft, damit verbringe ich meine Nächte, ich schlafe kaum noch vor lauter Stricken, ich will, dass dein Baby es schön warm hat diesen Winter.

Schwanger! Nein, ich glaube, ich spinne, das hätte ich nie von dir erwartet!

Hör mal, ich habe nachgedacht. Es ist schon irgendwie irritierend, dieses Kind, das plötzlich in unsere Familie geschneit kommt, so ganz ohne Vorwarnung. Nein, da du nie etwas angedeutet hast, habe ich schlichtweg nicht damit gerechnet, verstehst du? Ich dachte, in deinem Alter sei es damit vorbei, und du hättest andere Interessen. Und plötzlich meldet sich so ein Knirps an und wirft alles über den Haufen. Und wir müssen zusehen, wie wir mit dieser neuen Situation zurechtkommen. Und wer weiß, vielleicht ist er nicht mal sympathisch, der Kleine. Es kann auch sein, dass er mich nicht mag. Aber egal – wenn es so ist, dann liebe ich ihn eben auch nicht.

Warum sollte ich mich seinetwegen verrückt machen? Warum mir solche Mühe geben? Ich kenne ihn ja nicht mal, den Knirps. Außerdem ist er noch gar nicht auf der Welt. Es gibt ihn noch gar nicht.

Und? Wie fühlst du dich? Du bekommst ein Kind, der Wahnsinn! Du wirst Mutter! DU WIRST EINE MUTTER SEIN! Ich kann es noch gar nicht glauben. Ah, nein, es ist verrückt, ich kann mich noch nicht an den Gedanken gewöhnen, kein bisschen.

Antworte auf meine Nachrichten, bitteschön, oder schick mir eine Mail. Es ist nicht so, dass ich mir Sorgen mache, ich bin geradezu in Panik. In Nizza hat es offenbar ein Attentat gegeben, und ich weiß, dass du gerade in Lyon bist. Und Lyon liegt auf dem Weg nach Nizza, ruf also schnell zurück, ich mache mir die allergrößten Sorgen.

O nein, ich schaue mir keine Nachrichten mehr an, ich kann diese vielen schrecklichen Sachen nicht mehr hören. Ich kann nachts nicht mehr schlafen, ich sehe all diese Kinderwagen und die Kinder auf der Promenade des Anglais, diese Typen sind verrückt, total durchgeknallt. Man kann nicht mal sagen: »So ist das

Leben«, nein, weil es kein Leben mehr ist, sondern der Tod.

Der Sohn meiner Frisörin – du kennst doch Francine, die Frisörin? –, dessen Freundin war dabei, in Nizza. Sie hat den Lkw heranfahren hören, sich umgedreht und ist zum Glück instinktiv zur Seite gesprungen. Die Freundin vom Sohn der Frisörin, stell dir vor!

Einfach sterben, nachdem man vorher so viele getötet hat, ist eigentlich zu leicht. Diese Typen, was sind sie doch für elende Feiglinge! Sie hätten es verdient, zehnmal zu sterben, unter grausamsten Umständen, statt einfach so abzuhauen, in ihr blödes Paradies, nein, sie sind genauso bescheuert wie diese scheinheiligen Priester. Ah, wie mich das aufregt, was geht nur in den Köpfen dieser Typen vor sich? Apropos Priester – neulich bin ich wieder mal an zwei von ihnen vorbeigegangen, mit ihren Kutten, einfach lächerlich. »So wie ihr ausseht, könnt ihr froh sein, dass ihr Pfarrer geworden seid!«, habe ich ihnen zugerufen.

Ihr streitet euch? Aber hör mal, man muss sich schon Mühe geben, um einen Mann zu halten, klar, das geht nicht von selbst. Versetz dich doch mal in die Lage dieses armen Kerls, du bügelst nicht, du kochst nicht, du lebst in einem schrecklichen Saustall, welche Vorteile hat es schon für ihn, mit dir zusammenzuleben? Und jetzt, wo ihr dieses Kind erwartet, kannst du sowieso nicht mehr jeden in die Wüste schicken wie bisher. Man muss seine Ansprüche zurückschrauben, natürlich ist das Leben zu zweit nicht immer lustig, manchmal wäre man lieber wieder allein und hätte seine Ruhe, könnte seine Wohnung genießen, irgendeinen Mist essen, auf den man gerade Lust hat, seine Lieblingssendungen im Fernsehen anschauen … Das Leben als Paar ist schwierig, aber man muss durchhalten, sonst steht man am Ende einsam und allein da.

Ich bin auf ich weiß nicht wie vielen Singlebörsen im Internet, ich zähle sie schon gar nicht mehr. Heute Morgen hat mir wieder einer geschrieben, und zwar: *Ich bin in Burkina Faso, kennst du Afrika?* Er sagt, er sei Arzt, ha ha, dabei wimmelt seine Mail vor Rechtschreibfehlern.

Die Schwarzen, die lassen nicht locker, sie wollen Geld haben, der eine für irgendwelche Sachen, die er dringend braucht, der andere für sein Flugticket … Es geht nur ums Abzocken. Sie lassen sich Patrick oder Nicolas nennen, verstecken sich hinter Fotos und suchen nur eine Dumme, nein danke.

Ach, und der da, der schreibt, dass er gerade eine zehnjährige Beziehung mit einer Tussi hinter sich hat, die ihn finanziell ausgenommen hat. Eine jüngere, die ihn geschröpft hat, logisch.

Und sie wollen Frauen, die nicht rauchen, die können mir alle mal den Buckel runterrutschen. Lauter Idioten.

Ich bin gerade auf AdoptUnType! Da bin ich auf einen gestoßen, der mir sehr gut gefällt. Ein *Charlie*. Er lebt in der Türkei auf einem Boot. Man sieht ihn auf einem Video, er springt von seinem Boot und schreit, das sieht witzig aus. Meine Augen strahlen. Ich habe mich online verliebt. Ich denke die ganze Zeit an ihn, ist das nicht schön? Nein, wir haben noch nicht miteinander gesprochen, aber er hat immerhin seinen persönlichen Bereich für mich freigeschaltet. Ich habe ihm meine Telefonnummer geschickt. Meinst du, es ist teuer, in die Türkei zu telefonieren?

Er sagt, dass er Picasso und César schon mal getroffen hat. César ist doch auch ein berühmter Maler, oder?

Ich habe geschrieben: *Sind Sie sich sicher, dass da keine Frau bei Ihnen ist?* Und er hat geantwortet: *Klar, aber das ist meine Mutter, sie ist vierundachtzig.*

Charlie ist nur sein Pseudonym. Sein richtiger Name ist Roger. Er hat sich ausgezogen, damit ich ihn per Webcam gut sehen konnte. Er war nur im Slip. Dann hat er noch etwas von wegen zwanzig Zentimeter gesagt. Was er damit wohl gemeint hat? Bist du dir sicher? Zwanzig Zentimeter? Ich habe meiner Therapeutin davon erzählt, und sie meinte, ich hätte ihm nie meine Telefonnummer geben dürfen.

Der erste Anruf, aber er hat sich nicht mal vorgestellt, sondern nur sofort gesagt, ich solle zurückrufen. Aha, er wollte das Telefonat nicht zahlen! Wohin soll das führen? Jetzt ruft er nicht mehr an und reagiert auch nicht mehr auf meine SMS. Er mag zwar attraktiv sein, dieser Typ, aber er ist mir wohl doch zu schwierig.

Irgendwann kommt der Moment, wo du dir sagst, dass ein Nein ein Nein ist. Die Männer können mir alle gestohlen bleiben, ich will keinen mehr, Schluss, aus. Sie sind einfach anders als wir. Mann und Frau können sich nicht verstehen, es gibt da eine Barriere. Frauen unter sich verstehen sich viel besser, findest du nicht auch?

Aber auch bei Frauen untereinander ist es schlimm, o ja, absolut. Solange keine Männer in der Nähe sind, geht es ja. Aber kaum taucht ein Mann auf, bricht ein Zickenkrieg aus. Muss der Selbsterhaltungstrieb sein.

Die Männer wollen alle junge Frauen, mindestens fünfzehn Jahre jünger als sie, gutaussehend, intelligent und reich. Sie selbst haben eine Wampe und sind dumm wie Brot, aber das stört sie offenbar kein bisschen. Ach, die können mich alle mal!

Ich habe einen Typen angeschrieben, der sich *Soloman* nennt; bei ihm stand: *Ich trinke nicht, ich rauche nicht und habe einen kaufmännischen Beruf*. Dann stand noch da: *Ich suche positive Frauen*. Er hat Augen wie ein Fanatiker. Eins steht fest: Irgendeiner wird mich mal umbringen.

Und warum schicken sie mir dauernd junge Frauen mit Riesenbusen und Webcams, was soll dieser Quatsch? Haben sie noch nicht kapiert, dass ich eine Frau bin? Also wirklich, das ist ja abstoßend, es gefällt mir gar nicht!

Oh, der da, wenn du den sehen würdest … was der für eine Visage hat! Zum Abgewöhnen! Sie nerven letztendlich nur, diese Typen. Aber der da, den muss ich mir trotzdem noch ansehen, um ganz sicherzugehen. *Pipou*, siebenundsechzig: *Ich bin ein dynamischer Ruheständler, unkompliziert* … ta, ta, ta … *liebe Tiere und die Natur, Heimwerken und Gartenarbeit* … bis hier alles gut … *Ich wünsche mir eine sympathische Gefährtin, um mit ihr* … ta, ta, ta … *zu teilen* … *Ich hasse Lügen* … Auweia, das geht gar nicht, ich lüge andauernd.

O nein, ich will mit keinem mehr chatten, salut, Jungs, bis die Tage, ist ja ganz nett, aber ich muss schließlich auch meinen Haushalt machen!

Oh, ich habe gerade eine SMS bekommen, da steht: *Hallo, Charlène, ich schicke dir einen zärtlichen Kuss.* Von wem kann sie sein? Können die Leute nicht wenigstens ihren Namen dazuschreiben, wenn sie einem solche Sachen schicken? Ich würde nämlich gern wissen, wer mir da einen zärtlichen Kuss schickt. Oh, Moment, da kommt gerade ein zweiter Anruf rein. Mit unterdrückter Nummer? Sicher wieder nur so ein Kotzbrocken …

Ich habe einen Wasserrohrbruch in der Garage, wieder mal! Seit drei Tagen flehe ich deinen Bruder nun schon an, zu kommen und mir zu helfen, aber was denkst du? Er hat seinen Alltag, seine Frau, seine Kinder, da ist ihm seine arme Mutter natürlich egal. Der ganzen Welt ist es egal. Macht ruhig Kinder. Als ihr noch klein wart, bin ich für euch von Pontius zu Pilates gelaufen und habe mir die Beine ausgerissen. Und jetzt, null Dank. Man kann wirklich nicht sagen, dass ihr einen ausgeprägten Familiensinn habt, alle beide nicht …

Aber jetzt seid ihr zwei erwachsen! Und da müssten sich die Kinder dann um ihre Eltern kümmern. Das werdet ihr doch wohl begreifen, dein Bruder und du.

Das ist der große Zyklus des Lebens: Was man für euch getan hat, müsst ihr nun zurückgeben. Sonst wäre es zu leicht.

Und du vergisst über deinen Geschichten deine eigene Mutter. Das Wichtigste. Das Leben vergeht, und bald bin ich tot. Du wirst sehen, dass du noch an meine Worte denken und dir sagen wirst: »Meine arme Mutter, sie hatte recht, aber jetzt ist sie nicht mehr da.«

Ist es schon siebzehn Uhr? Man wird einfach nicht jünger, ach Gott. Ah, der Briefträger kommt gerade, warte kurz, ich will nachschauen, in letzter Zeit kriege ich nur Rechnungen, aber man kann ja nie wissen …

Tja, er liebt sie, aber sie ihn nicht. Ganz einfach! Was hast du gesagt, mein Schatz? Merkst du, was er ihr zumutet, ihr Mann? Einen Kerl aufreißen und zu ihr nach Hause bringen. Damit er ihnen zuschauen kann, der Spanner! Er sagt, dass er sie dann noch mehr liebt. Noch so ein Perverser! Wenn du wüsstest, was er seiner armen Frau alles angetan hat! Er hat ihr alles zugemutet. ALLES! Aber so allmählich kapiert sie, wart's ab, am Ende verlässt sie ihn, es wäre wirklich an der Zeit, dass sie endlich reagiert. Was für eine schwachsinnige Fernsehserie! Aber natürlich höre ich dir zu, meine Süße, klar, sie nehmen seine Härchen am Arsch und an den Genitalien, um einen DNA-Test zu machen, und dann ist er überführt. Außerdem ist er ein Lügner, ah, dieser Fiesling! Ist es nicht schön, nicht verheiratet zu sein, da hat man seine Ruhe. Wenn ich das sehe – so ein Mistkerl! Gut, gut, mein Engel, schon gut … Oh, über die da muss ich immer lachen. Sobald jemand ein Beziehungsproblem hat, fragt sie: »Möchten Sie vielleicht eine heiße Schokolade?«

Colette hat ihren Typen endlich verlassen, du weißt schon, den verheirateten Alkoholiker. Sie hat es wirklich schwer gehabt mit ihm, wenn du wüsstest! Und dieser Typ taucht dreist bei mir auf, um mir sein Herz auszuschütten und über sie zu lästern, stell dir vor! Männer schrecken wirklich vor nichts zurück. Er hat an meiner Tür geläutet und gesagt: »Charlène, hast du vielleicht einen Kaffee für mich?« Und ich mache ihm seinen Kaffee, und er beginnt, all seine Probleme vor mir auszubreiten, dass sein Penis zu klein sei und er deshalb so viel trinken würde, und Colette habe nie das geringste Verständnis für ihn aufgebracht … Aber mal ehrlich, was geht mich das an? Wahrscheinlich hatte er wieder mal einen über den Durst getrunken … Und da es ihm hinterher wohl doch peinlich war, sehr peinlich vermutlich, hat er alles Colette gebeichtet, und die ist jetzt sauer auf mich geworden, stell dir vor: Zum Dank ist sie jetzt auch noch sauer! Ach Gott, glaub mir, die Menschen sind so was von dämlich, sie müssen dauernd Unsinn machen, nur damit ihnen nicht langweilig wird!

Was?! Du gehst in deinem Zustand noch ins Schwimmbad? Sag mal, willst du den Kleinen verlieren? Spinnst du? Bleib schön zu Hause, ruh dich aus, sammle deine Kräfte, du wirst sehen, dass eine Entbindung kein Klacks ist, und du bist keine zwanzig mehr. Hast du dich wegen einer Periduralanästhesie erkundigt? Die musst du unbedingt verlangen, es ist doch nicht notwendig, unnötig zu leiden, ich habe bei dir tierisch gelitten, damals gab es solche Sachen noch nicht, also sei froh und lass dir so eine Spritze geben.

Ich habe schon geschaut, was für ein Sternzeichen der Kleine haben wird, und weißt du was? Er wird Jungfrau mit Aszendent Ratte. Ratte, wie ich! Ah, er wird ein süßes Kerlchen werden, ich spüre schon jetzt, dass er seine Großmutter lieben wird. Wenn ich in … sagen wir zehn Jahren noch lebe, kann ich ihn sogar noch heranwachsen sehen, kannst du dir das vorstellen?

Er sieht mir ähnlich, der Kleine, nicht wahr? Er hat meine Schlupflider, Typ Stallone. Was für ein schönes Baby!

Ah, bravo, das habt ihr gut gemacht, ihr zwei. Selbst die kleinen Fingerchen, fünf an jeder Hand, und dann erst die winzigen Zehen! Ein Meisterwerk! Und seine winzigen Nägel!

Verrückt, wie sehr er mir ähnelt. Außer die Nase, die ist etwas breit. Und der Haaransatz, der ist etwas tief. Aber der Rest, das bin ganz ich. Er hat gute Proportionen, nur die Beinchen sind etwas zu kurz, aber davon abgesehen ist alles wunderbar. Denn alles andere hat er Gott sei Dank von mir.

Er ist wunderschön, er schlägt ganz nach unserer Familie. Die Augenfarbe hat er von dir. Die untere Gesichtshälfte von mir, er hat sogar dasselbe herzförmige Kinn, wunderschön gezeichnete Lippen, genau wie meine. Die feinen Haare hat er auch von uns, und seine zarten rosa Wangen, die sind unser Markenzeichen. Da ist nur diese Nase, schade, diese Nase mitten im Gesicht. Die muss er von ihnen haben, von ihrer Linie, das steht fest. Und auch die dicken Beinchen, die sehen natürlich nicht sehr elegant aus. Aber gut, er wird nun mal kurze Beine haben, was will man machen?

Hallo? Ich kann dich nicht hören. Mach was, damit er still ist, der kleine Schreihals, das ist ja höllisch. Ihr habt nicht so gebrüllt, als ihr noch klein wart. Das wäre nicht zum Aushalten gewesen, mit deinem Vater, nie im Leben!

Ihr habt letzte Nacht kein Auge zugemacht? Das glaub ich gern, mit so einem kleinen Brüllaffen im Haus. Au, au, au, mein armes Kind, was hast du dir da eingebrockt? Die Nacht ist zum Schlafen da, das muss er begreifen, ob er will oder nicht. Du darfst nicht gleich zu ihm rennen, wenn er mal ein bisschen wimmert. Das hat er längst begriffen, der Kleine, er ist ja nicht blöd. Zu uns haben die Ärzte damals gesagt, man müsse die Kinder auch mal schreien lassen, damit man später seine Ruhe hat, früher haben es alle so gemacht, wir hatten auch keine Schuldgefühle, wie ihr sie heute habt. Uns von einem Zwerg die Gesundheit ruinieren lassen – nein, wir hatten wahrlich andere Sorgen.

Nein, ich trage keine Babys mehr herum, sonst kriege ich wieder einen Hexenschuss.

Bedauere, aber ich gebe auch keine Fläschchen, ich hätte Angst, dass er mir beim Füttern runterfällt.

Nein, kommt nicht in Frage, dass ich ihn hüte, ich hätte viel zu viel Angst, dass etwas passiert.

Das Theater mit Babys habe ich hinter mir. Ist mir mit meinen eigenen schon schwergefallen, und wie soll ich es da mit denen von anderen hinkriegen? Ich bin schließlich nicht die Mutter, sondern nur die Großmutter, da hat man KEINERLEI Verpflichtungen, und wenn ich Lust habe, ihm ins Gesicht zu rauchen oder ihm sein Joghurt wegzuessen, dann ist es mein volles Recht, und kein Mensch kann mir deshalb Vorwürfe machen.

Hör mal, das hast du jetzt davon, dass du dir mit dem Kinderkriegen fast vierzig Jahre Zeit gelassen hast, ich kann dir da nicht helfen, also bitte – ich werde demnächst vierundsechzig. Tja, du hast die Großeltern, die deine Eierstöcke verdient haben.

Na schön, ich kann ihn ja ein bisschen im Kinderwagen durch die Gegend schieben, wenn du darauf bestehst.

Kannst du mir den Kinderwagen nicht noch ein Weilchen dalassen? Damit kann ich besser gehen, das ist eine tolle Gehhilfe.

Du kannst sagen, was du willst, er weint, er brüllt vom Abend bis zum Morgen, dein Kind ist ein richtiger Schreihals.

Ich bin eifersüchtig auf all die Liebe, die du diesem kleinen Schreihals schenkst. Wenn ich mir vorstelle, dass ich von meiner Mutter nie etwas bekommen habe, nichts. Zu dumm, dass du meine Tochter bist, ich hätte dich eigentlich lieber als Mutter gehabt. Das Leben ist echt unfair.

Und übrigens, die vollgekackten Windeln deines Sohnes habe ich sogar in der Spüle gefunden, das muss nun wirklich nicht sein! Dir macht es vielleicht nichts aus, weil es dein Kind ist, aber ich – bäh! Ich empfinde es als respektlos mir gegenüber!

Wie? Du willst nie mehr kommen? Kannst du das wiederholen? Ich darf bei mir zu Hause nicht rauchen? In meiner eigenen Küche? Also bitte, eine kleine Zigarette wird ihn sicher nicht umbringen, deinen Schreihals!

Ich habe mir einen goldenen Ring geleistet, natürlich nur vergoldet, mit einem Amethyst, und der soll seine Trägerin gelassen machen, hat die Verkäuferin gesagt. Bis jetzt merke ich allerdings noch nichts.

Ich schaue mir die ganze Zeit die Videos vom Kleinen an. Und wenn ich sie meinen Freundinnen zeige, sagen sie: »Herrje, ist der süß, ein Wahnsinn!« Schick mir bitte jeden Tag ein Videofilmchen, das reicht mir schon, dann sehe ich ihn groß werden, das ist super!

Skypen wir heute Abend? Mit dem Kleinen? Nein, jetzt übertreibst du aber, beim Skypen kann ich ihn immerhin sehen. Dir wäre es lieber, wenn ich zu euch komme? Aber das wären über fünf Stunden im Zug! Zum Glück gibt es Skype und die Videofilmchen!

Habe ich dir schon erzählt, dass ich auf eDarling einen Feuerwehrmann kennengelernt habe? Von der freiwilligen Feuerwehr. Und Schädlingsbekämpfer ist er auch. Er hat erzählt, dass er Flugzeuge mit Insektiziden belädt, die auf die Felder gesprüht werden. So ganz kapiert habe ich es nicht, habe ihm aber gesagt, dass wir da schon mal etwas gemeinsam haben: Ich hasse Schädlinge auch, besonders Stechmücken. Stimmt, ich hasse viele Dinge, aber … Hey, weg da! Es ist der Hund, er kommt bis in mein Schlafzimmer, obwohl ich es ihm verboten habe, und zerkratzt mir das Parkett. Ich weiß gar nicht, was zurzeit mit ihm los ist, heute früh hat er mir die Yuccapalme umgeworfen, und wenn wir draußen sind, zerrt er so verrückt an der Leine, dass man glauben könnte, er wolle mich umreißen. Und er mag mich zwar, aber mehr auch nicht, er springt mir nicht vor Freude an den Hals. Der Feuerwehrmann? Er heißt Michel. Im Internet nennt er sich *Demainlesoleil*, aber ansonsten heißt er Michel.

Ich brauche einen starken, verantwortungsbewussten Mann, wo ich bisher immer nur Nieten gezogen habe. Es wäre an der Zeit, dass sich ein Mann, ein richtiger Kerl, ein Feuerwehrmann zum Beispiel, für mich interessiert. Nein, nein, wir haben uns noch nicht gesehen, aber wir telefonieren jeden Abend und haben uns immer etwas zu erzählen. Er hat eine schöne Stimme, das ist wichtig, die Stimme, nicht wahr? Gestern hat er mir erzählt, dass er den lieben, langen Tag auf einem Rollfeld rumstand, und kein einziges Flugzeug konnte starten, weil es nicht genügend Stechmücken gab. So ergeht es einem als Schädlingsbekämpfer, es gibt Tage mit und Tage ohne Stechmücken. Da wartet er den ganzen Nachmittag auf einer Start- und Landebahn und hat nichts zu tun, und das bei einer Bullenhitze, ai, ai, ai, was für ein Beruf! Ich habe ihm gesagt, dass ich einen Mann brauche, auf den ich mich verlassen und an den ich mich anlehnen kann, jemanden, der mir den Garten macht und auch handwerklich geschickt ist. Und der gern auch etwas von Schädlingsbekämpfung verstehen darf. Vor allem sollte er ein Auto haben, damit er mich ein bisschen durch die Gegend fahren kann, zum Einkaufen, nichts Aufregendes, das Übliche eben.

Er wohnt in der Feuerwache, aber das ist kein Problem, er kann ja jederzeit bei mir einziehen. Ach, was freue ich mich! Ein Feuerwehrmann! Ich hätte nicht gedacht, dass mir das nochmal passieren würde! Wenn ich seinen Namen im Display sehe, bekomme ich jedes Mal Herzklopfen. Ich bin jetzt schon verliebt, obwohl ich ihn noch nicht mal gesehen habe, kannst du mir das erklären? Wann wir uns treffen? Aber sehr bald, mein Schatz, sehr bald! Hallo, Michel? Ah, ich bekomme gerade einen Anruf von ihm rein, ich muss aufhören, ich drück dich, Küsschen, Küsschen.

So, ich habe den Feuerwehrmann getroffen, du weißt schon, den Schädlingsbekämpfer. Jaja, sehr nett, sehr korrekt. Er ist hierhergekommen, und ich habe ihm ein Ossobuco gemacht. Mit Haxe und Markknochen vom Metzger. Er hat tüchtig zugelangt, es hat ihm sichtlich geschmeckt. Und er hatte eine Flasche guten Wein mitgebracht. Danach sind wir ein bisschen durch die Stadt gefahren. Er hat mich zur Sozialversicherung gefahren, wir waren einkaufen, und dann hat er mich noch zum Frisör gebracht, ich sah zum Fürchten aus! Ich war bei Patrick und habe mir Strähnchen machen lassen. Jetzt bin ich ganz blond, das macht meine Gesichtszüge etwas weicher. Ach, du meinst, ich hätte lieber vor dem Treffen zum Frisör gehen sollen? Bitte, jetzt verdirb mir nicht die ganze Freude, es ist ein irrsinnig schönes Gefühl, einen Partner zu haben, da fühlt man sich sofort wie ein ganz anderer Mensch!

Hast du meine Nachricht nicht bekommen? Ich hänge total durch. Nein, der Feuerwehrmann hat sich nicht mehr gemeldet, seit einer Woche nicht mehr! Und dabei habe ich ihn hier wie einen Prinzen empfangen und bewirtet. Noch eine Enttäuschung, wie eine Ohrfeige mitten ins Gesicht. Ich habe die Nase voll! Also wirklich, auf diesen Singlebörsen treiben sich echt nur Idioten herum! *Demainlesoleil – Morgen die Sonne* – von wegen! Du Scheiß-Schädlingsbekämpfer!

Aber gut, ich gehe gleich mal Colette besuchen, das lenkt mich etwas ab.

Ach, ich habe ihn seit Weihnachten nicht mehr gesehen, den Kleinen? Wie die Zeit vergeht! Meinst du, er vermisst mich? Du würdest dich freuen, wenn ich komme? Aber da müsste ich ja schrecklich weit fahren, ich bin alt und verbraucht, fahre kaum noch Auto, und mit dem Hund Zug zu fahren, kann ich mir auch nicht vorstellen.

Hör mal, du schickst mir doch immer Videos von ihm, das ist doch super.

Und wir müssen ja nur mal wieder skypen, das ist fast dasselbe. Dann sehen wir uns wie in echt, und wenn wir genug haben, hopp, kann jeder von uns wieder seinen eigenen Kram machen.

Er ist noch zu klein, das geht nicht, ich werde später auf ihn aufpassen, wenn er richtig sprechen kann und sauber ist, und wenn ich mir vor allem nicht das Kreuz verrenke, weil ich ihn herumschleppen muss … ja, genau, wenn er achtzehn ist und mich dann hoffentlich seinen Freunden vorstellt, huhu!

Dionysos, fünfundsechzig, Rentner, sehr gut. Ein Zwilling, das passt. Ein Meter fünfundsiebzig, hör zu: *Ich ertrage die Einsamkeit nicht mehr,* ta, ta, ta … *Ich bitte um Nachsicht, aber ich habe keine Fotos reinge-*

stellt. Na, dazu sag ich jetzt nichts, aber ich denke mir meinen Teil. Kein Foto, keine Mail, Schätzchen.

O mein Gott, was schreibt denn der da? *Man soll die Toten ruhen lassen, sie aber in unserem Herzen bewahren!* Das klingt schön! Und der da: *Und Flüsse voll brennender Tränen* … Du meine Güte, was schwafelt er da? Klingt schwer nach einem Psycho. *Ich sehne mich danach, mich endlich selbst zu lieben* … Geschwafel, Geschwafel … *und wenn ich dich nicht heiraten kann, werde ich das ganze Universum heiraten* … Aha! Herrje. Der muss mitten in einer Therapie stecken, der gute Mann! Wer auf Singlebörsen so einen Blödsinn schreibt, muss definitiv in Behandlung sein, aber ich werde ihm schreiben: *Wie läuft deine Analyse, Alter? Zu wem gehst du?*

Ach, er heißt Gilles? Und ich dachte, es sei Jean-Pierre.

Und der da? *Marcus*, vierundfünfzig. *Ich bin ein grober Klotz, ein Faulpelz, hänge den ganzen Tag herum und bin eine Künstlerseele*. Ab in den Papierkorb mit ihm! Ich sortiere Männer aus, herrje, wie viele man nicht aussortieren muss, mein Papierkorb ist rammelvoll.

Ich bin die ganze Zeit online und verbringe ganze Nächte im Internet.

Was für ein Horror, das alles, man könnte das große Kotzen kriegen.

Colette hat gesagt: »Du solltest aufhören mit all diesen Typen, das bringt doch nichts, komm lieber am Sonntag mit uns zum Bingo, das bringt dich auf andere Ideen.«

Ich schreibe schreckliche Mails an schreckliche Typen. Ich hab's so satt, dass ich die ganze Zeit versuche, jemanden zu finden. Aber ich kann nicht mehr allein sein. Ganz allein vor meinem Aschenbecher sitzen und warten.

Ich koche nie was für mich, gar nichts. Doch, neulich eine Artischocke, aber die hab ich nicht lange genug gekocht, sie hat absolut nicht geschmeckt.

Ich müsste dringend ein bisschen raus und wenigstens ein paar Schritte machen, und dem Hund würde es sicher auch guttun.

Ich habe mit dem Rauchen aufgehört, oh, là, là, es ging nicht anders, das Risiko einer Embolie ist zu groß, und ich habe mindestens schon zehn Kilo zugenommen, obwohl ich kaum was esse, nein, es liegt nur daran, dass ich nicht mehr rauche. Rauchen ist echt die beste Diät, glaub mir.

Ich habe tolle Sachen gewonnen beim Bingo, einen fünf Kilo schweren Schinken, eine Gänseleberpastete und ein Lendenstück vom Schwein. Mir hat nur die 19 gefehlt, die Ordnungsnummer vom Département Corrèze. Um ein Haar beziehungsweise um eine Nummer daneben, sonst hätte ich einen Farbfernseher gewonnen.

Mein Tischnachbar hat gesagt: »Pech im Spiel, Glück in der Liebe. Sie liegen genau dazwischen: Sie haben weder den Fernseher gewonnen, noch ganz verloren, folglich läuft es gut bei Ihnen.«

Meine Freundin Colette, du weißt schon, die, mit der ich mich so oft getroffen habe? Wir haben uns gestritten. Nein, diesmal ist es aus, sie redet schlecht über mich, dieses Miststück. Und das nur, weil ich sie nicht vom Bahnhof abholen wollte, aber hör mal: Da ruft sie um acht Uhr abends an, als ich schon im Bett liege. Nein, es ist wirklich aus und vorbei, sie will nichts mehr von mir wissen, was wird nur aus mir? Was soll nur aus mir werden?

Du bist's? Nein, ich kann nicht mehr, ich bin so erschöpft von den Mühen des Lebens. Man steht auf, schleppt sich durch den Tag, es ist alles so anstrengend. Das Leben macht einen kaputt, Tag für Tag. Abends bin ich so fertig, dass ich schon um neun Uhr im Bett liege. Ich esse nur schnell eine Kleinigkeit und gehe dann schlafen. Ich kann nach acht nicht mehr aus dem Haus gehen, ich falle halbtot ins Bett.

Früher hat mich der Haushalt auf Trab gehalten, und das Schlimme ist, dass ich jetzt richtig faul geworden bin.

Das kannst du nicht verstehen, du wirst nie wissen, wie sich eine Depression anfühlt, eine richtig dicke, fette Depression.

Nein, den Mann meines Lebens habe ich noch nicht getroffen, ich habe die Nase gestrichen voll von allem.

Tust du mir einen Gefallen und rufst mich für zwei Minuten auf Skype an? Mein Handy spinnt, der Ton ist weg, ich kann dich nicht verstehen, hallo, bist du noch da? Hallo, HALLO?

Wie geht's dem Kleinen? Du bist nicht zu müde? Du, ich habe jemanden getroffen. Er heißt Georges. Sein Pseudonym war *Coquinou*. Ich habe lange nicht mehr in meine Mails geschaut, und da war schon ewig eine Mail von ihm. Wir haben uns im *Sombrero* getroffen, nur auf einen Aperitif. Oh, là, là, ich kann dir sagen … Er sieht aus wie Michel Galabru, das sagen alle, weißt du, dieser Schauspieler. Und er ist schön groß, wie es mir gefällt. Aber gut, ich will eigentlich gar nicht viel über ihn reden, die Sache ist noch ganz frisch. Aber er ist nett, sehr nett.

Er ist super, dieser Georges. Er hat mir den Rasen gemäht, die Garage aufgeräumt, und dann hat er auch noch den Heizkessel repariert, echt, mit ihm habe ich das große Los gezogen.

Er hat eine Prostata-Operation hinter sich, von daher kann ich ganz beruhigt sein. Er ist zärtlich und liebevoll, und ich habe mit meinen vierundsechzig Jahren nun wirklich keine Lust auf jemanden, der gleich über mich herfällt.

Du, ich umarme dich, ich muss unter die Dusche. Danach gehe ich auf einen Sprung zu Colette ins Krankenhaus, weißt du, sie hat mal wieder Probleme wegen ihrem Diabetes.

Wer hat Angst vor dem bösen Wolf, dem bösen Wolf, dem bösen Wolf? Wer hat Angst vor dem bösen Wolf, trala-la-la-laa … Oh, was höre ich da im Telefon? Dieses Lied kenne ich, ich habe es früher als Kind auch gesungen, zu schön, ist es eine Schallplatte mit Kinderliedern?

Ich stricke für den Kleinen, einen Schal aus einem Knäuel, das ich noch herumliegen hatte, ich wollte es immer schon aufbrauchen, aber die Wolle ist zu dick für mich, und eine hässliche Farbe hat sie auch … Aber was Handgestricktes ist doch immer gut. Wie viele Zentimeter muss ein Babyschal haben? Einen Meter? Bist du dir sicher? Aber ein Meter ist doch riesig für ein Baby, oder? Die Wolle ist kakifarben, das ist nicht sehr hübsch, aber immerhin hält sie schön warm.

Ich werde euch besuchen kommen, den Kleinen und dich, jaja, zusammen mit Georges, er hat angeboten, mich zu euch zu fahren. Ich wünsche mir so sehr, dass es mit ihm was wird. Ich traue mich noch gar nicht, mich richtig zu freuen, weißt du, ich bin noch etwas skeptisch.

ENDE